एक श्रावणी दोपहरी की धूप

[कहानी-संग्रह]

एक श्रावणी दोपहरी की धूप

फणीश्वरनाथ 'रेणु'

संकलन एवं सम्पादन
भारत यायावर

राजकमल प्रकाशन

ISBN : 978-81-267-0557-3

मूल्य : ₹595

पहला संस्करण : 1994
सातवाँ संस्करण : 2024

प्रकाशक : राजकमल प्रकाशन प्रा.लि.
1-बी, नेताजी सुभाष मार्ग, दरियागंज
नई दिल्ली-110 002

शाखाएँ : अशोक राजपथ, साइंस कॉलेज के सामने, पटना-800 006
पहली मंजिल, दरबारी बिल्डिंग, महात्मा गांधी मार्ग, प्रयागराज-211 001
1, अनमोल सोराबजी संतुक लेन, धोबी तलाव, मरीन लाइंस, मुम्बई-400 002
वेबसाइट : www.rajkamalprakashan.com
ई-मेल : info@rajkamalprakashan.com

मुद्रक : बी.के. ऑफसेट
नवीन शाहदरा, दिल्ली-110 032

EK SHRAVNI DOPHARI KI DHOOP
Stories by Phanishwar Nath 'Renu'

श्रीमती पद्‌मा रेणु
के
योग्य

मैं रात को लिखता हूँ। जिस रात लिखना होता है, बहुत हल्का भोजन लेता हूँ। बिस्तर पर लेटकर, पेट के नीचे तकिया दबाकर लिखता हूँ। इसी सम्बन्ध में एक मजेदार बात। मैं जब लिखता हूँ, तो रात बहुत देर तक लिखता हूँ, जब तक मन की भड़ास नहीं निकल जाती। फिर दिन चढ़े तक सोता रहता हूँ। नौ-दस बजे तक। ऐसी हालत में मोहल्लेवाले कहते हैं—'पियक्कड़ है। अरे, जरूर रात में पी ली होगी। देखो इतना दिन चढ़ गया, अब तक सो रहा है।' जिस रात मैं सच में पी लेता हूँ, लिखना-पढ़ना नहीं होता है। चुपचाप सो जाता हूँ। सुबह तड़के ही उठकर टहलने निकल जाता हूँ। मन मेरा उदास रहता है। मोहल्लेवाले खुश होकर कहते हैं—'देखो, देखो! आदमी सुधर रहा है। लगता है पीना छोड़ दिया है। देखा, कैसे सुबह-सुबह टहलने निकला है।' वे मुस्कराते हैं और मैं मन-ही-मन कुढ़ता हूँ।

—फणीश्वरनाथ रेणु

फणीश्वरनाथ रेणु के अभी तक तीन कहानी-संग्रह प्रकाशित हैं—ठुमरी (1959), आदिम रात्रि की महक (1966), और अगिनखोर (1973), जिनमें कुल चौंतीस कहानियाँ हैं। ये तीनों संग्रह खुद रेणु द्वारा ही संकलित एवं सम्पादित हैं। इन तीनों संग्रहों की कहानियों के अलावा ढेर सारी कहानियाँ पत्रिकाओं में रह गईं—रेणु ने उन्हें इन तीनों संग्रहों में नहीं रखा। इसके मूल में शायद कारण यह हो कि वे इन कहानियों को महत्त्वपूर्ण नहीं मानते हों या हो सकता है संग्रह तैयार करते वक्त इन कहानियों पर उनकी दृष्टि नहीं पड़ी हो। पर आज जबकि रेणु को दिवंगत हुए कई वर्ष हो चुके हैं, साथ ही उनके महत्त्व को हिन्दी साहित्य ने उनके तमाम अन्तर्विरोधों के बावजूद स्वीकार कर लिया है—उनकी तमाम असंकलित रचनाओं की खोज होनी चाहिए एवं उनका पुस्तक-रूप में प्रकाशन। यह खोजीराम इस 'चाहिए' की आवश्यकता को प्रारम्भ से ही महसूस करता और रेणु की रचनाओं की खोज में लगा रहा। खोजी प्रवृत्ति ने उसे यायावर बनाये रखा। इस यायावर खोजीराम की खोज का लघु परिणाम हैं रेणु की ये असंकलित कहानियाँ अर्थात् रेणु की कहानियों का चौथा संग्रह—'एक श्रावणी दोपहरी की धूप'।

प्रस्तुत संग्रह में रेणु की कहानियाँ संकलित हैं। संग्रह की पहली कहानी 23 अप्रैल, 1945 के 'साप्ताहिक विश्वमित्र' में प्रकाशित है एवं अन्तिम कहानी 1973 में। इस तरह इन कहानियों का रचनाकाल '45 से '73 के बीच का है। '45 में रेणु पच्चीस वर्ष के युवक थे एवं कथा-लेखन की शुरुआत कर रहे थे एवं '73 उनकी बुजुर्गियत के दिन थे। पर रेणु की कहानियों में कोई क्रमिक

विकास या ह्रास नहीं दिखलाई पड़ता। उनके प्रारम्भ और अन्त में कोई खास फर्क नहीं है। जो वस्तुगत विविधता, भाषिक-संरचना के तत्त्व, ध्वनियों के प्रति, लय के प्रति रुझान, प्रयोगधर्मिता—रेणु के पिछले संग्रहों की कहानियों में पाठकों ने देखे हैं, उनसे अलग ये कहानियाँ नहीं हैं। पर ये उन तमाम चीजों को और भी विस्तार देती हैं।

रेणु की इन कहानियों के अतिरिक्त भी एक संग्रह-भर कहानियाँ हैं, खोजीराम जिन्हें संगृहीत करने हेतु यायावर बना हुआ है। आशा है अगला संग्रह अर्थात् रेणु की कहानियों का पाँचवाँ संग्रह भी शीघ्र ही प्रकाशित हो सकेगा।

इन कहानियों के संकलन में डॉ. चन्द्रेश्वर कर्ण, राजेन्द्र प्रसाद सिंह, डॉ. रामवचन राय, शिवेन्द्र नारायण के सहयोग के प्रति आभार। और मित्रवर सत्येन्द्र कुमार के प्रति भी, जो लगातार इस खोजीराम को उत्प्रेरित करते रहे। शीला सन्धूजी और सत्यप्रकाशजी के प्रति भी हार्दिक आभार—जो रेणु की कृतियों के प्रकाशन में अत्यधिक रुचि दिखलाते रहे, और खोजीराम की यायावरी को बढ़ावा देते रहे।

हजारीबाग, 6.2.'84

भारत यायावर

क्रम

न मिटनेवाली भूख

आठ बज रहे थे। दीदी बिछौने पर पड़ी चुपचाप टुकुर-टुकुर देख रही थी—छत की ओर। उसके बाल तकिए पर बिखरे हुए थे, इधर-उधर लटक रहे थे। एक मोटी किताब, नीचे चप्पल के पास, औंधे मुँह गिरकर न जाने कब से पड़ी हुई थी। बुधनी की माँ, दबे पाँव कमरे के पास आती थी और झाँककर चुपचाप लौट जाती थी। आठ बजे तक बिछौने पर रोगिनी की तरह चुपचाप पड़ा रहना, मौन साधे, दयनीय मुद्रा बनाकर, टकटकी लगाकर देखते रहना आदि बातें कुछ ऐसे वातावरण की सृष्टि कर रही थीं कि बुधनी की माँ कुछ पूछने की हिम्मत नहीं कर पाती थी। बेचारी हाथ में झाड़ई लेकर बार-बार लौट आती थी। अन्त में छोटी दीदी (मिस फ्लोरा) से जाकर वह बोली, "दीदी के का भैल है, अब ले पड़ल बाड़ी। आखिर..."

"बड़ी मुश्किल है बुधनी की माँ। कल से ही उनका यह हाल है। न खाती हैं, न पीती हैं और कुछ बोलती भी तो नहीं। पूछने पर कहती हैं कि कुछ हुआ ही नहीं। ज्यादे कुछ पूछने की हिम्मत भी तो नहीं होती।" मिस फ्लोरा ने बालों में कंघी चलाते-चलाते ही कहा।

"सुबहे से झाड़ई देबे ले ठाढ़ हई। तनी चलिके..." बुधनी की माँ बात पूरी भी नहीं करने पाई थी कि दीदी की प्रिय छात्रा—चंचला किशोरी 'मदालसा' मुँह लटकाए, आकर खड़ी हो गई और जिज्ञासु दृष्टि से मिस फ्लोरा और बुधनी की माँ को देखने लगी। बुधनी की माँ खिलकर बोली, "एहे तो कल्ली! चल त रानी! देख तोहर दीदी के का भैल है!"

एक श्रावणी दोपहरी की धूप

मदालसा चुपचाप दीदी के कमरे में दाखिल हुई। दीदी अपलक दृष्टि से उसे देखती रही। बुधनी की माँ चौखट के पास ही खड़ी रही।

"दीदी!" मदा ने बहुत देर तक चुप रहने के बाद पुकारा।

"हूँ।"

"कैसा जी है दीदी?"

"हूँ..." दीदी ने बिना हिले-डुले ही उत्तर दिया।

बुधनी की माँ ने पहले बरामदे पर एक-दो बार 'छप-छप' झाड़ई चलाया, फिर डरते-डरते कमरे में आकर हल्के हाथों झाड़ई देने लगी। मदालसा, दीदी के टेबल पर बिखरी हुई किताबों को सजाकर रखने लगी। कलैंडर में तारीख बदलकर, दिन भी बदल डाला उसने—दीदी चुपचाप देख रही थी।

"क्यों आज सोमवार हो गया न?" दीदी ने अकचकाकर पूछा। मदालसा डरी, एक बार कलैंडर की ओर देखकर वह बोली, "जी नहीं।" वह दिन बदल रही थी कि फिर याद कर रुकी और बोली, "जी हाँ, आज सोमवार ही है। कल रविवार, आज सोमवार..."

"सोमवार हो गया?" दीदी उठकर बैठ गई, बोली, "तो बारातवाले चले गए?"

"हुँ, चार बजे भोर चल गैलन सब।" बुधनी की माँ झाड़ई के तिनकों को सजाती हुई बोली।

दीदी डरते-डरते बिछौने के पासवाली खिड़की को जो स्कूल की ओर खुलती थी—खोलने लगी। खिड़की खोलकर उसने देखा—स्कूल खाली पड़ा है। दो दिनों से बन्द खिड़की जो खुली तो कमरे में एक ताजी हवा आकर खेलने लगी। वह अँगड़ाई लेकर उठी, उसके चेहरे की गम्भीरता तत्क्षण ही दूर हो गई। मदालसा के होंठों पर भी मुस्कान की एक सरल रेखा दौड़ गई, बुधनी की माँ को कुछ हिम्मत हुई, पूछ बैठी, "कैसन तबियत है दीदी?"

"अच्छी है, तू जल्दी से जाकर स्कूल के कमरों को झार-बुहार दे। न हो तो फुलिया को भी बुला लेना। भगेलू से कह दो—गाड़ी पर आज सरजू जाएगा। भगेलू क्लासों में बेंच सजाकर रखेगा। जाओ!" कहती हुई वह तौलिया और साड़ी लेकर 'बाथरूम' की ओर चली। मदालसा ने टोका, "दीदी!"

"क्या है री!" दीदी ने रुककर मुस्कुराते हुए पूछा।

"आप नहीं गईं, इन्दु बहुत रोती थी, कहती थी—दीदी से भेंट नहीं हो सकी।" पेंसिल-कटर में पेंसिल डालकर घुमाते हुए मदालसा बोली। दीदी ने प्रत्युत्तर में सिर्फ एक लम्बी नि:स्वास छोड़ दी।

"आप तो उसे उपहार देने के लिए एक चित्र बना रही थीं न?"

"बना तो रही थी, पर अधूरा ही रह गया। अच्छा भेज दूँगी,...मुझसे बड़ी भारी गलती हो गई मदा, जाने के दिन उससे मिल नहीं पाई।" कहती हुई दीदी धीरे-धीरे चली गई।

मदा वहीं बैठकर दीदी का 'एलबम' देखने लगी।

श्रीमती उषा देवी उपाध्याय—उर्फ दीदीजी। शहर के गर्ल्स मि. ई. स्कूल की प्रधानाध्यापिका। मझोले कद की, दुबली-पतली, सुन्दरी विधवा युवती। जिस दिन से स्कूल में प्रधानाध्यापिका होकर आई, स्कूल की उन्नति में चार-चाँद लग गए। छात्राओं की संख्या चौगुनी हो गई। परीक्षाफल सुन्दर होने लगा। स्कूल को हाईस्कूल बनाने की चर्चा होने लगी। उस दुबली-पतली मृदुभाषिणी 'दीदी' की मीठी चपत जिस बालिका ने एक बार खा ली, वह उसकी चेरी हो गई। बालिकाओं और किशोरी छात्राओं की बात तो दूर, अध्यापिकाएँ भी उसके स्नेह की भूखी रहतीं। बुधनी की माँ उसकी प्राइवेट-सेक्रेटरी थी। सदा प्रसन्न रहनेवाली दीदी के होंठों पर मुस्कुराहट सदा खेलती रहती। वह कभी-कभी सितार बजाकर मीरा की पदावली गा लेती थी, टेढ़ी-मेढ़ी रेखाएँ खींचकर कलापूर्ण चित्र भी बना लेती थी। विधवा थी, ओढ़ने-पहनने, खाने-पीने की चीजों में सादगी के कड़े नियमों को मुस्तैदी से पालती थी, लेकिन अन्य अध्यापिकाएँ जो सधवा थीं, वे भी उनकी सादगी पर फिदा थीं।

स्नान-भोजन करके, दीदी अन्य अध्यापिकाओं के साथ जब स्कूल में दाखिल हुई तो बुधनी की माँ फुलिया को लेकर कमरों में झाड़ई दे रही थी और बड़बड़ा रही थी। भगेलू चुपचाप बेंचों को उठा-उठाकर अन्दर कर रहा था। दीदी को देखते ही बुधनी की माँ जोर-जोर से चिल्लाकर बोलने लगी—"छी-छी! एक दिन में सुअर के खुहार बना देलन सब...राम-राम...!"

एक श्रावणी दोपहरी की धूप

दीदी ने कमरे में जाकर देखा—दीवार पर स्थान-स्थान पर पान की पीक पड़ी हुई थी। नीचे फर्श पर सिगरेट के अधजले टुकड़े, सिगरेट के खाली डब्बे और माचिस की जली हुई तीलियाँ बिखरी हुई थीं। दीदी ने किंचित नाक सिकोड़ते हुए कहा, "लो जल्दी साफ करो।" कहकर वह ऑफिस खोलने चली। वह ऑफिस खोल ही रही थी कि उसकी आँखें, दीवार पर लिखे सुन्दर अक्षरों पर अटक गईं—

"उठ सजनी खोल किवाड़ें, तेरे साजन आए दुआरे!"

दूसरी जगह—"खिड़कियाँ तुम्हारी बन्द रहीं पर मैंने तुमको देख लिया।"

लाल अक्षरों में—"रानी अब अध्यापन छोड़ो, मेरे दिल का राज सँभालो।"

नीले पेंसिल से—"प्रेम की भाषा सजनि मुझको भी पढ़ा दो।"

पढ़ते-पढ़ते दीदी तिलमिला उठी। ऑफिस खोलकर धम्म-से कुर्सी पर जा बैठी। उसके होंठों पर कुछ घंटे पहले जो स्वाभाविक मुस्कुराहट लौट आई, वह विलीन हो गई। वह उठी, फिर बैठ गई। एक कागज पर लिखने लगी—'चेयरमैन की सेवा में' फिर न जाने क्या सोचकर कागज को फाड़कर वह उठ खड़ी हुई।

"फ्लोरा!" दीदी ने पुकारा।

फ्लोरा और उर्दू अध्यापिका सलमा आईं, दीदी की गम्भीर मुद्रा को देखकर अवाक् खड़ी रहीं।

"क्या है दीदी?" फ्लोरा ने मौन भंग करते हुए पूछा।

दीदी ने, बाहर आकर दोनों को दीवाल की ओर दिखलाया। दोनों ने पढ़कर घृणा से मुँह विकृत कर लिया। सलमा बोली, "यह बारातियों का काम है!"

"हूँ," दीदी ने कहा, "सभ्य बारातियों ने लिखा है।"

लड़कियाँ दल बाँधकर मुस्कुराते हुए आ रही थीं। सरजू भी स्कूल की गाड़ी पर लड़कियों को लेकर आ गया था।

"प्रणाम दीदीजी, दीदीजी प्रणाम, प्रणाम..." कहकर, मुस्कुराती हुई लड़कियों की टोली ज्यों ही स्कूल की सीढ़ी पर पाँव रखने लगी, दीदी की गम्भीर वाणी सुनकर सब एक साथ रुक पड़ीं।

"तब तक बाहर मैदान में खड़ी रहो।"

दीदी तथा अध्यापिकाओं के चेहरों को देखकर लड़कियाँ आपस में कानाफूसी

करने लगीं—"देखो-देखो! दीदी की आँखें लाल हैं!"

"ऐसा तो कभी नहीं..."

"समझी, समझी..." मंजू खुश होकर बोली, "कोई बड़े आदमी मर गए हैं, फिर वही पाँच मिनट चुप..."

"फ्लोरा! रौलकॉल करके छुट्टी दे दो।" कहती हुई दीदी पुनः ऑफिस में जा बैठी।

छुट्टी दे दी गई। छात्राओं ने बुधनी की माँ से पूछा, मदालसा से दरयाफ्त किया, पर कुछ भी पता नहीं चला।

दीदी अपने कमरे में लौट आई और बिछौने पर लेट गई। उसके अन्दर एक आग-सी जल रही थी, सिर फटा जा रहा था और रह-रहकर प्यास लग रही थी।

शनिवार को शहर के प्रतिष्ठित रईस श्री आनन्दी प्रसादजी के यहाँ बारात आई थी। उनकी एकमात्र पुत्री 'इन्दु' के शुभविवाहोपलक्ष में स्थानीय धर्मशाला में बारातियों के ठहरने का प्रबन्ध किया गया था। किन्तु सभ्य-असभ्य, साधारण-असाधारण और धनी-गरीब के वर्गीकरण की ओर प्रबन्धकों का ध्यान ही नहीं गया था। सभ्य और सुसंस्कृत बारातियों ने जब 'जेनरल बारातियों' के साथ रहना अस्वीकार कर दिया तो चेयरमैन साहब ने अनुमति लेकर 'गर्ल्स स्कूल' में ही ठहरने का प्रबन्ध कर दिया गया था—सभ्य, शिक्षित और सुसंस्कृत बारातियों के लिए।

स्कूल के कम्पाउंड में ही अध्यापिकाओं के 'क्वार्टर्स' थे। रविवार की शाम को अन्य अध्यापिकाएँ विवाह-गृह के समारोह में सम्मिलित होने चली गई थीं, स्कूल की ओर खुलनेवाली खिड़की को बन्द करके दीदी अपने कमरे में बैठी अधूरे चित्र को पूरा कर रही थी। खिड़की के उस पार—स्कूल में सभ्य बारातियों का भोजन-पान शेष हो चुका था। पत्तलों पर कुत्तों की लड़ाई, भिखारी और भिखारिनों की करुण पुकार सुनकर दीदी का ध्यान भंग हुआ। चित्र को अपूर्ण ही छोड़कर—वह न जाने क्या सोचने लगी थी। धीरे-धीरे कुत्तों का भूँकना बन्द हुआ तो भिखमंगों ने आपस में लड़ाई शुरू कर दी थी। लड़ाई जब शान्त हुई तो

एक छोटे शिशु के रोने की आवाज सुनाई पड़ी थी। दीदी ने पहचान लिया था, अभागिन मृणाल के बच्चे के कोमल कंठ-स्वर को। "ओ बाबा एत झाल, ताई तो बोलि, छेले आमार काँदछे केन?" मृणाल खाते-खाते बोल उठी थी। 'मृणाल के छोटे-से शिशु ने जूठन का स्वाद लेना शुरू कर दिया।'...दीदी कुछ आश्चर्यित हुई थी। दीदी मृणाल को जानती थी, उसे प्यार करती थी, कभी-कभी बुलाकर भरपेट भोजन कराती थी और उसके प्यारे बच्चे को गोद में लेकर पुचकारती भी थी। बंगाल के भुक्कड़ों की जमात में मृणाल जब इस शहर में आई थी तब उसकी गोदी अथवा देह में यह शिशु नहीं था। रोज शाम को कुछ बासी रोटियाँ पाकर बदले में मृणाल ने दिया था, इस शहर को वही भोला-भाला शिशु...जो कड़वी तरकारी खाकर रो उठा था। मृणाल बंगाल के एक ग्राम के खुशहाल किसान की पुत्री थी।

तो, उस शाम को बैठी-बैठी दीदी बहुत-सी बातें सोच रही थी—कुत्ते, मनुष्य, मृणाल और उसके प्यारे बच्चे के सम्बन्ध में न जाने क्या-क्या सोचते-सोचते आरामकुर्सी पर थकी-सी लेट गई थी। स्कूल के बरामदे पर किसी ने, किसी

सरोज नामक व्यक्ति को पुकारकर कहा था—"सरोजजी! ओ! सरोजजी, जरा इधर आइए।"

"क्या है?" सरोज अथवा किसी दूसरे ने पूछा था।

"देखिए! यहाँ की भिखारिनों की आँखों में भी एक अजीब जादू है।" पुकारनेवाले व्यक्ति ने दिखलाया था। दीदी की भौंहें जरा तन गई थीं और कान सतर्क हो गए थे। देखनेवाले व्यक्ति ने देखकर कहा था, "ओहो!...'जादू' मत कहिए, 'मद' कहिए 'मद'।"

"अरे आप कवि ठहरे।" प्रथम व्यक्ति ने संशोधन को स्वीकार कर लिया था। एक तीसरी आवाज सुनाई पड़ी थी—"अच्छा कविजी! कल्पना कीजिए तो, जहाँ की सड़कों पर ऐसी 'परियाँ' मारी फिरती हैं, खिड़कियाँ बन्द कर बैठनेवाली मलकाएँ कैसी होंगी?"

इस पर जोरों से कहकहे लगे थे और वह व्यंग्य कहकहे के साथ, खिड़की की लकड़ियों को छेदकर 'दीदी' के अन्त:स्तल में घुस गया था।

उसी रात को तीन बजे तक स्कूल के बरामदे पर 'अंगूरीबाई' नाचती रही

थी। घुँघरू की छमछमाहट, दर्द-भरी आवाज और 'वाह! वाह! क्या खूब!!' को सुनते-सुनते 'दीदी' तकिये में मुँह छिपाकर रोई भी थी। दूसरे दिन भी वह यों ही बिछौने पर निश्चेष्ट पड़ी रही थी। बिछौने पर से उठते ही उसका सिर चक्कर खाने लगता था। एक ही रात में न जाने कितनी दुर्बलता आ गई थी। रविवार की शाम को ही अंगूरीबाई कूक पड़ी थी—'अँधेरिया है रात सजन...।'

"अरे भई! नेकी और पूछ-पूछ..." साजनों में से एक ने फरमाया था, शेष साजनों ने जबर्दस्त कहकहे लगाए थे।

"चुन-चुन कलियाँ सेज बिछाई..."

"मजेदार..."

कहकहों के बवंडर में 'दीदी' ज्ञानशून्य हो गई थी, अंगूरीबाई गाती ही रही थी।

...सोमवार को 'रौलकॉल' के बाद छुट्टी देकर जब वह लौटी थी तो उसके

अन्दर आग-सी लग रही थी, सिर फटा जा रहा था और उसे रह-रहकर प्यास लगती थी।

एक ही दिन में बुखार ने भीषण रूप धारण कर लिया। लेडी डॉक्टर आई, नुस्खा देकर चली गई और दवा होने लगी। मंगलवार को सुबह से ही 'प्रलाप' के लक्षण दिखाई पड़ने लगे। वह बिछौने पर चंचल हो रही थी और वह रह-रहकर कुछ बड़बड़ाती भी थी। कभी-कभी चौंककर पास में बैठी मदालसा को उठकर पकड़ लेती थी और रो पड़ती थी—"मदा! छिप जाओ बिट्टी मेरी...वह बीड़ीवाला...बीड़ीवाला!!"...कहते-कहते वह बेहोश होकर बिछौने पर लुढ़क पड़ती थी।

हाँ, एक बीड़ीवाले को अक्सर 'मिस्ट्रेस क्वार्टर्स' के पास आकर दिल में दर्द पैदा हो जाया करता था और वह इलाही से उस दर्द को न मिटाने के लिए आरजू करता हुआ चला जाता था।

दीदी आँखें खोलकर इधर-उधर देखती, मदा, फ्लोरा, सलमा और बुधनी की माँ करुण नेत्रों से बैठी हुई हैं..."नहीं वह खड़ी है, मृणाल; उसकी गोदी में नन्हा शिशु है! वह बीड़ीवाला!!...उँह-हूँ-हूँ!"

"दीदी!" सलमा पुकारती।

दीदी आँखें फाड़े दीवार की ओर देखती ही रहती—"मजेदार...पीली अंगूरी और वह गूँगी पगली...गर्भवती पगली हँस रही है—हेंह-हेंह उँहू हेंह उऐं...!!"

"हेंह-हेंह उँहू हेंह उऐं"—गूँगी-सी, दीदी भी हँस पड़ी।

"दीदी"—प्राय: रोती हुई फ्लोरा ने पुकारा। सलमा ने सिर पर आइसबैग रखा और मदालसा पंखा झलने लगी। दीदी आँखें बन्द किए सोचने लगती—वह पगली गर्भवती है। उस पर भी बलात्कार किए गए। छी: छी:! वार, वाइन एंड वीमेन—सुरा, युद्ध और नारी...सत्यानाशिनी चीजें हैं।...'उठ सजनी खोल किवाड़ें?'...वह फिर चौंककर उठ बैठती, बड़बड़ा उठती—'खोल दो खिड़कियाँ...याँ-याँ...।' बुधनी की माँ पकड़कर उसे लिटा देती।

"खिड़कियाँ तो खुली ही हुई हैं।" सलमा कहती।

दीदी चुपचाप आँखें मूँदे रहती...'भरी सभा में द्रौपदी चीरहरण...उसकी करुण पुकार, उसे नंगी देखने की वासना...ओह!' आँखें मूँदे ही अपनी साड़ी के छोर को पकड़ लेती और चिल्ला उठती—"मैं नंगी हो जाऊँगी...मैं नंगी हो जाऊँगी-गी-गी!!"

"दीदी"—फ्लोरा, मदा और सलमा तीनों प्राय: एक ही साथ पुकार उठतीं। दीदी घृणा से मुँह विकृत कर लेती।

भगेलू लेडी डॉक्टर के यहाँ गया था, लौटकर आया तो चुपचाप खड़ा रहा। बहुत पूछने पर भगेलू ने कहा, "डॉक्टरनी साहेब राजा रघुवीरसिंह के हिंया जाते थे। हम जाकर बोले तो बोलिन कि..." वह चुप हो रहा।

"क्या बोली?" फ्लोरा ने डाँटकर पूछा।

"बोलिन कि जाकर अपना दीदी को दूसरा विवाह कर दो, सब ठीक हो जाएगा।"

इधर बिछौने पर पड़ी-पड़ी वह दीवाल की ओर एकटक से देख रही थी—स्कूल कम्पाउंड में वह मृणाल, नंगी अंगूरी और गूँगी पगली खड़ी है। चहारदीवारी के चारों ओर शहर-भर के लोग—सभ्य-असभ्य, शिक्षित-अशिक्षित और गरीब-अमीर, अपनी-अपनी भाषा में हल्ला मचा रहे हैं—

"तनि हमरो देखद आज सुरतिया पतली कमरिया..."

"तेरे दर पे खड़ा हूँ कब से...।"

"उठ सजनी खोल किवाड़ें..."

"तिरछी नजरियावाली रे!..."

"रे पगलिया..."

"री बच्चेवाली छोरी..."

"घूँघट हटाके चाँद-सा मुखड़ा..."

लोगों की भीड़ क्रमशः उत्तेजित हो रही है। सब फाटक पर धक्का दे रहे हैं। अंगूरीबाई आँचल से अपने को ढँक लेती है। मृणाल रो पड़ती है, उसकी गोद का बच्चा छाती में मुँह छिपाकर सिमट गया है। पगली हँस रही है—हेंह-ऐं-उँ अह्-अह् हे-हे..., फाटक टूटने को है। ओह! दीदी चौंककर उठ बैठी। इस बार उसको देखकर मदा, फ्लोरा वगैरह घबरा गईं! दीदी अचानक बिछौने पर से उठकर भागी।

"दीदी! दीदी!! दीदी...अरी रोको, पकड़ो..." सब पीछे-पीछे दौड़ीं। वह 'हेंह उँह ओय अह-अह' करके हँसती और भागती जा रही थी। फाटक के पास जाते-जाते दीवाल से टक्कर खाकर गिर पड़ी। जमीन पर रक्त की धारा बह चली।

दीदी, अस्पताल में अन्तिम घड़ियाँ गिन रही थी। 'एवरग्रीन रेस्ट्राँ' में चाय पीनेवाले नौजवानों को एक नया मसाला मिल गया। चाय की चुस्की लेते हुए एक नौजवान ने कहा, "अरुण! तुमने कुछ सुना...उसकी हालत बड़ी नाजुक है यार!"

"आखिर ऐसा क्यों हुआ, कुछ पता चला?"

"भई, आखिर वह भी अपने पहलू में दिल रखती थी, किसी ने छीनकर बेमुरौवती से तोड़ डाला होगा, और क्या?"

"सुना है कि बारात में उसके कोई पुराने प्रेमी आए थे।"

"तब ठीक है"—एक कहानी-लेखक, जो अब तक चुपचाप बैठे हुए थे, बोल उठे, "मैंने भी ऐसी ही कल्पना की थी।"

"हिं-हिं ऐह हे-हे ओय..." रेस्ट्राँ के सामने सड़क पर गूँगी पगली जो बहुत

निकट भविष्य में ही माता बननेवाली थी, खड़ी-खड़ी हँस रही थी—'ऐह हेंह हों...' हँसते-हँसते पेट में बल पड़ जाने की मुद्रा बना रही थी।

"अरी भाग, हट शैतान!"

"हेंह ऐं"...वह प्रत्येक डेग से धरती पर एक विशेष जोर डालती हँसती हुई चली गई।

[साप्ताहिक विश्वमित्र, 23 अप्रैल, 1945]

वंडरफुल स्टुडियो

फोटो तो अपने दर्जनों पोज में उतारे हुए अलबम में पड़े हैं, फ्रेम में मढ़े हुए अपने तथा दोस्तों के कमरों में लटक रहे हैं और एक जमाने में, यानी दो-तीन साल पहले, उन तस्वीरों को देखकर मुझे पहचाना भी जा सकता था। लेकिन 'स्वास्थ्य-संशोधन' के बाद वजन में परिवर्द्धन और चेहरे में परिवर्तन होकर जो मेरी सूरत का नया संस्करण निकला, उसे पहचानने में मैं खुद कई बार भटक गया हूँ। कहाँ वह 95 पाउंडवाला चेहरा और कहाँ यह 154 पाउंड की सूरत!

दोस्तों ने कई बार सलाह दी कि एक नया फोटो उतरवाकर पिछली सभी तस्वीरों के 'केन्सिल' होने की घोषणा कर दूँ, और अपने मन में भी कई बार सोचकर देखा कि यह 'गुलगुली' न जाने कब गायब हो जाए! चुनाँचे एक नया फोटो खिंचवाने का फैसला कर लिया गया। वरना, मैं तो अपने को ऐसा परिपक्व पॉलिटिसियन समझे बैठा था जिसकी तस्वीर के लिए सैकड़ों नहीं, तो कम-से-कम दस कैमरेवाले नौजवान जरूर चक्कर काटते हैं। असल में अपना फोटो उतरवाना 'बचकाना' शौक-सा मालूम होता था।

फोटो उतरवाने की बात तो तय हो गई, लेकिन उस शाम को यह फैसला नहीं हो सका कि फोटो कहाँ उतरवाया जाए। हमारे एक मुँहबोले भाईजान हैं, जिन्हें हम इनसायक्लोपेडिया की तरह काम में लाते हैं! असली जाफरान किस दुकान में मिलती है, मुर्ग-मुसल्लम किस होटल पर बेहतरीन होता है, कॉफ़ी किस 'काफे' की सही जायकेवाली होती है, असली गबरडीन कपड़ा किस दुकान में है, बड़े सर्जन और फिजिशियन कौन-कौन हैं और किस 'टेलरिंग' की क्या

विशेषता है, वगैरह बातों के अलावा पारिवारिक उलझनों को सुलझाने में उनसे बराबर मदद मिलती है।

भाईजान ने कहा, "एक जमाना था जब राजू चौधरी अच्छी तस्वीरें बनाया करता था। गवर्मेंट हाउस से लेकर 'शहादत-आश्रम' तक उसकी पूछ थी। अव्वल दर्जे के फोटोग्राफर के साथ ही वह पक्का मेहनती भी था। उस बार श्मशान-घाट में पूरे तीन घंटे तक मेहनत करके डॉ. अग्रवाल की लाश की ऐसी तस्वीर उसने ली कि जिसे देखकर हर आदमी की ख्वाहिश..."

मनमोहनजी की आदत है कि हमेशा भाईजान की बात को बीच में ही काट देते हैं। बोले, "किस मुर्दे की बात कर रहे हैं, आप? आजकल चतुर्वेदी-स्टुडियो है जिसके बारे में दो रायें नहीं हो सकतीं?"

भाईजान ऐसे मौके पर कभी झुँझलाते नहीं हैं। उन्होंने फिर शुरू किया, "इसके बाद घोषाल अपने नए कैमरों के साथ मैदान में उतरा। उसके बारे में यह मशहूर है कि बगैर 'रिटच' किए ही बेहतरीन तस्वीरें बनाया करता था। फिर 'आलोछाया' वालों का युग आया, जो 'लाइट और सेड' की कला में निपुण था। प्रोफेसर किरण की एक ऐसी तस्वीर उसने उतारी थी, जिसे इंटरनेशनल फोटोग्राफी प्रदर्शनी में प्रदर्शित करने की चर्चा जोरों पर चल पड़ी थी। सिर्फ नाक पर लाइट दिया गया था। जरा कल्पना कीजिए, काले कार्ड पर सिर्फ नाक और चश्मे के फ्रेम के एक कोने पर हल्की रोशनी डाली गई है और आप उस काले कार्ड पर प्रोफेसर किरण की सूरत को स्पष्ट देख रहे हैं। अब तो चतुर्वेदी का मार्केट है, मगर..."

"मगर क्या?" रमाकिशुनजी ने पूछा।

"मतलब यह कि चतुर्वेदी के यहाँ जानेवालों को अपने पॉकेट पर पूरा भरोसा होना चाहिए।" भाईजान ने फरमाया।

बीरेन को न जाने क्यों यह बात लग गई। वह बोला, "भाईजी! आपका यह इल्जाम सरासर गलत और गैरवाजिब है। बेचारा पैसा लेता है तो काम भी करता है। फिल्मों और प्लेटों की बढ़ती हुई कीमतों का भी पता है आपको?"

मजलिस को बहस के लिए काफी मसाला मिल गया था और मुझे याद आई कि 'चाय' के पैकेट के खत्म होने की सूचना मुझे सुबह ही दे दी गई थी।

सरकारी ट्रेजरी से चेक का रुपया निकास करना आसान है, लेकिन 'चूल्हे-चौके' की सरकार से पैसे मंजूर करवाकर निकलवाना कितना कठिन है, यह लिखने की बात नहीं। पैसे निकलते हैं जरूर, मगर हड्डी में घुस जानेवाले रिमार्कों के साथ।

"हजार बार कहा कि अपने लिए 'हैपी वैली' लाते हो तो उसके साथ ही ब्रुकबांड के 'होटलब्लेंड' वाले डस्ट का भी एक पैकेट ले आया करो। लेकिन इन पर तो 'चाय का शौकीन' कहाने का भूत सवार है। दोस्तों ने कह दिया—यार, चाय के असल शौकीन तो तुम्हीं हो—बस, बन गए उल्लू। पूरे छह रुपए बारह आने पाउंडवाली

चाय पिलाए जा रहे हैं। दुनिया में आग लगी हुई है और यहाँ 'व्हाइट प्रिंस' पीने के मनसूबे बाँधे जा रहे हैं..."—यही मेरी सरकार की, सलाह कहें या फटकार कहें, नसीहत है।

'व्हाइट प्रिंस' नहीं, व्हाइट जेसमिन! एक दिन हमारी मजलिस में इस बात की चर्चा हो रही थी कि हिन्दुस्तान की कौन-सी शख्सियत कौन-सी चाय और सिगरेट पीती है। मौलाना आजाद के बारे में कहा गया कि वे व्हाइट जेसमिन चाय पीते हैं। मौलाना ने अपनी किताब 'गोबारे खातिर' में कबूल की है। और इसी सिलसिले में हममें से किसी की सरस और चंचल रसना से यह पुरहौसला उद्‌गार जरा जोर से निकल पड़ा था—"जिन्दगी कायम रही तो हम भी कभी चख लेंगे भाई!" पर्दे के उस पार यही बात पहुँच गई थी और उसी दिन से मुझ पर व्हाइट प्रिंस का व्यंग्यवाण छोड़ा जा रहा था। यहाँ तक कि ससुराल से यह बात यों 'रिडायरेक्ट' होकर पहुँची थी—"व्हाइट एलिफेंट साहब व्हाइट प्रिंस पीने के मनसूबे बाँध रहे हैं।"

चुन्नीलाल को चाय और सिगरेट के लिए बाजार दौड़ाकर जब मैं वापस

आया तब बात एकोनामिक्स के डिप्रेसन के दायरे को पार कर पालिटिक्स के सोशलिज्म, कम्युनिज्म और प्रजा-सोशलिज्म के भँवर में चक्कर काट रही थी। रोज यही होता है। बात कोई भी हो और कहीं से प्रारम्भ किया जाए, उपसंहार यही होता है।

इसलिए उस शाम की मजलिस में यह तय नहीं हो पाया कि फोटो कहाँ उतरवाया जाए।

दूसरे दिन शाम को जब मैं चौक से गुजर रहा था, 'वंडरफुल स्टुडियो' के वंडरफुल साइनबोर्ड की जलने-बुझनेवाली रोशनी ने फोटो की याद दिला दी। यह भी याद आई कि राजन यहीं काम करता है। राजन, हमारा कलाकार मित्र जो शान्तिनिकेतन से फाइन आर्टस् का डिप्लोमा प्राप्त कर साल-भर तक यहाँ फाँके करता रहा। अब इसी स्टुडियो में उसे नौकरी मिल गई है। आखिर 'वंडरफुल' में ही फोटो उतरवाने का इरादा मैंने पक्का कर लिया।

दुकान में दाखिल होते ही एक खास ढंग के आदमी से सामना हुआ—"फर्माइए जी। मैं ही वंडरफुल का डिरेक्टर हूँ।"

"फोटो लेना है।"

"बेहतर जी। चलिए, अन्दर स्टुडियो में।"

सामने मोटे अक्षरों में लिखा हुआ था—"यह दुनिया एक वंडरफुल स्टुडियो है।"

"राजनजी कहाँ हैं?" मैंने पूछा।

"कौन राजन! म्हारा आरटिस्ट! बो तो आज बिथ-बाइफ रेडियो सटेशन गया हुआ है। कमरसल आरट पर आज उनका टाक है।" वह आदमी लुढ़कता हुआ आगे-आगे चल रहा था।

अन्दर के एक कमरे में पहुँचकर वह हमारी ओर मुड़ा—"अच्छा जी ब्हाई सा'ब, पोज आपका अपना होगा या हमारे सेट्स के मुताबिक?"

"क्या मतलब?"

"मतलब समझा देता हूँ"—उसने अपने गले से लटकते हुए मेगनिफाइंग ग्लास की रेशमी डोरी को उँगलियों में लपेटते हुए कहा, "सा'ब, बात यह है कि हमने अपने कस्टमरों की इच्छा के मुताबिक बड़े-बड़े आरटिस्टों को एम्पलाय करके तरह-तरह के सेट्स बनवाए हैं।...इधर आइए। (पर्दा हटाकर) यह है हमारा फिल्मी सेट, और ये रहीं तस्वीरें इस सेट की!" उसने एक बड़ा एलबम खोला।

तस्वीरों में देखा, फिल्म की मशहूर अभिनेत्रियों के अभिनय के दृश्य थे। बात कुछ समझ में नहीं आई। बोला, "ये तो फिल्मी तस्वीरें हैं?"

"जी सा'ब, देखने से तो यही मालूम होती है"—अपनी काया के अनुपात से एक भारी-भरकम हँसी हँसते हुए उसने कहा, "यही तो म्हारी खसूसियत है।

जरा गौर से देखना जी—हमने अपने कस्टमरों की ख्वाहिश के मुताबिक उन्हें सुरैया, नरगिस, ललिनी, निम्मी वगैरह के साथ एक्टंग के पोज में खड़ा कर फोटो लिया है!"

अब सभी तस्वीरें मेरी निगाह में एक साथ नाच गईं। राजकपूर, दिलीपकुमार तथा देवानन्द की तरह बालों को सँवारे हुए नौजवान (और किशोर भी) अभिनय की मुद्रा बनाए हुए हैं। कोई सुरैया की ठुड्डी पकड़कर कुछ कह रहा है। कोई घुटनों तक नेकर और नेवी गंजी पहने हुए, नरगिस के हाथ में हाथ डाले, 'आवारा' के एक पोज में है और कोई निम्मी के कन्धे पर हाथ डाले दिलीपकुमार के अन्दाज में कुछ कहना चाहता है!

"यह सब? ये अभिनेत्रियाँ?" मैं सिलसिले से कुछ पूछ भी न सका।

—"ये एक्टरेसस! हँजी, वो 'डमी' हैं। हमने बड़े-बड़े फनकारों को अपने यहाँ एम्पलाय किया है, वो हमें हर नए पोज के लिए मिट्टी की मूर्तियाँ घड़ देता है।"

"क्या लड़कियाँ भी इसी तरह के पोज में तस्वीरें उतरवाती हैं?" मैंने जरा साहस से काम लिया।

"जी भोत! उनके लिए हमने एक्टरों की 'डम्मियें' बनवा रक्खी हैं। ज्यादेतर लड़कियाँ अशोककुमार, दिलीप और राजकपूर के साथ 'अपियर' होना चाहती हैं। वैसे तो उस दिन एक कालिजगर्ल ने कामेडियन मिर्जा मुशर्रफ के साथ उतरवाने की खाहिश जाहिर की, मगर एक कस्टमर के लिए कौन डम्मी बनाता है? पिछले महीने पच्चीस कस्टमरों के आर्डर पर हमने एक 'शेर' की 'डमी' बनवाई, लोग 'सेमसन' की तरह शेर से लड़ते हुए तस्वीर उतरवाना चाहते हैं।"

"लेकिन फोटो में ये डम्मी जानदार मालूम होते हैं।" मैंने अपनी मुस्कुराहट को होंठों में ही रोकते हुए कहा।

"जी सा'ब!" वो हमारे शेड, मेकअप और रिटेच से ठीक हो जाते हैं।"

लड़के ने आकर कहा, "सा'ब! फिलम सेट का कस्टमर आया हुआ है।"

"ले आओ"—फिर मुझसे बोला, "चलिए, हम आपको अपना दूसरा सेट दिखावें। आपको मेरा पालिटिकिल सेट जरूर पसन्द होगा।"

हॉल के दूसरे पार्टिशन में हम गए। बड़े उत्साह से वंडरफुल डिरेक्टर साहब

ने मुझे अलबम दिखाना शुरू किया—"देखो जी भाई सा'ब! ये हैं आइना पोजेज!"

एक तस्वीर में देखा, मिलिटरी पोशाक में कुछ लड़कियाँ कवायद कर रही हैं।

"आइना पोज क्या?"

"आप आइना नहीं समझे? अरे! आइना? इंडियन नेशनल आर्मी! ढिल्लन, सहगल, शाहनवाज और काप्टन लक्ष्मी...?"

"ओ! आई.एन.ए.?"

"उस समय तो सा'ब, सब लड़कियों को बस यही शौक था, लिहाजा हमने मिलेटरी वर्दियाँ और 'डम्मी' रायफल बनवाए?"

मैं एक तस्वीर को गौर से देखने लगा—एक दुबली-पतली, लम्बी लड़की, जिसके गालों में गड्ढे थे, आँखें छोटी और अन्दर घुसी हुईं, ठीक कैप्टेन लक्ष्मी के पोज में सेल्यूट...नहीं...जय हिन्द कह रही है। उसके दुबले हाथ में रायफल का कुन्दा हाथी के पाँव-जैसा मालूम हो रहा है।

"और इधर देखिए! हजारों का मजमा है। नेताजी भाषण दे रहे हैं। सामने 'माइक' है।"

फोटो में भीड़ को देखकर कांग्रेस के महाधिवेशनों की याद आ रही थी। मैंने ताज्जुब से कहा, "हजारों का मजमा नहीं, लाखों का कहिए। लेकिन...इतने लोगों को; यानी इतनी 'डम्मियाँ' आपने कैसे बनवाईं?"

वह हँस पड़ा, शायद मेरी बेवकूफी पर। फिर बोला, "सा'ब, ये फोटोग्राफक टिरीक हैं। हमने इस तरह के पर्दे बनवा लिए हैं।"

"देखो जी! ये मजदूरों का लीडर है। हजारों मजदूरों के जलूस की रहनुमाई कर रहा है।"

देखा—हजारों मजदूरों की लम्बी कतार के आगे हाथ में झंडा (सही रंग नहीं कह सकता, क्योंकि फोटो में काला ही था, और झंडे के निशान के बारे में जानकर क्या कीजिएगा?) लिए हुए, बाल बिखराए हुए, मुँह फाड़े हुए, मजदूरों के लीडर कदम आगे बढ़ा रहे हैं। वाह!

"इस पोज में राजनैतिक कार्यकर्ता या लीडर क्यों अपनी तस्वीर उतरवाएँगे? इसे तो बैठे-ठाले लोग ही पसन्द करते होंगे। फोटो देखकर भी तो यही जाहिर होता है?" मैंने कहा।

"आप ठीक कहते हैं सा'ब। ज्यादेतर ऐसे-वैसे लोग ही—खासकर व्योपारी, सेठ-साहूकारों के लड़के इसे पसन्द करते हैं? हमने कुछ जवाहर जैकेट, कुछ सुफेद और रंगीन टोपियाँ बनवा ली हैं। लेकिन अभी उस दिन...माफ करना जी... प्राइवेट बात है...आप किसी से बोलना मत। अभी उस रात को मनिस्टर कृपा बाबू का प्राइवट सिकरटरी चौबे आके हाजिर। बोला, देखो जी पापड़ा, पुरानी दोस्ती है तुमसे, भोत प्राइवट बात है। मनिस्टर सा'ब रायपुर में ब्रच्छ-रोपण में गए थे। बेदर अच्छा नहीं था, तस्वीर साफ नहीं आई। कोई उपाय करो। कल ही अखबारों में देना है। मैं बोला—मगर मनिस्टर सा'ब को सटुडियो में आना होगा जी! ग्यारह बजे रात को मनिस्टर सा'ब आए। हमने झंडोत्तोलनवाला पर्दा लगा दिया, हमारे आरटिस्ट ने झंडे की जगह ब्लॅक कर दिया, वहीं मनिस्टर सा'ब ने ब्रच्छ-रोपण किया। झंडोत्तोलन के बदले ब्रच्छ-रोपण ही सही।"

उसने तस्वीर देखने को दी। अरे! यह तस्वीर तो हाल ही पत्रों में छपी है। मुझे तो इसके ऊपर की सुर्खी और नीचे का चित्र-परिचय भी याद है!

बगल के पार्टिशन से (फिल्म सेट से) आवाज आ रही थी—'कमर को और झुकाइए...ज़रा...हाँ...और उँगलियों को बिखराइए फूलों की पंखुड़ियों की तरह...इस तरह...हाँ..."

वंडरफुल साहब मुस्कुराकर बोले, "बो डानस का पोज ठीक हो रहा है। नरत्य-निकेतन है न वहाँ...मोड़ पर, उसी का डिरेक्टर हमारा डानस पोज बनाता है।"

"वाह साहब! वास्तव में वंडरफुल है आपका स्टुडियो! युनिक है।" मैंने कहा।

"सा'ब, हम इसे और डेवलप करेंगे। इधर हमने फिर दो सेट बनवाए हैं। कौमी सेट...और फरेंच सेट!"

"कौमी सेट? ज़रा वह भी दिखाइए।"

इस बार वंडरफुल साहब कुछ हिचकिचाए। फिर बोले, "देखिए जी बाबू सा'ब। आप जब राजन के मित्तर हैं तो हमारे भी मित्तर ही ठहरे; वरना, हम औरों को नहीं दिखाते। आइए।"

तीसरे पार्टिशन में ले जाकर वंडरफुल ने मुझे दो-तीन तस्वीरें दिखाईं। एक में एक नौजवान को एक लुंगीधारी बूढ़े के पेट में छुरा घुसेड़ते देखा। दूसरे में एक

बहादुर युवक शिवाजी की तरह घोड़े को उछालता और तलवार चलाता हुआ दिखाई पड़ा। तीसरे में भारत-माता आसमान से पुष्प-वृष्टि कर रही है और एक वीर राष्ट्रीय झंडे को फाड़कर चित्थी-चित्थी कर रहा है...हजारों की भीड़ है।...

"और इधर फरेंच सेट है...हालीउड फिलम सेट!"

मेरा सिर चकरा रहा था। मैं पास की पड़ी हुई तिपाई पर बैठते हुए बोला, "वंडरफुल सा'ब! आपको किन शब्दों में धन्यवाद दूँ। आपने कितना बड़ा कल्याण किया है समाज का—यह कहने की बात नहीं। आपने यदि यह स्टुडियो नहीं खोला होता तो दुनिया के लोग पागल हो गए होते।...आप इंसान के मन में सोई हुई अतृप्त इच्छाओं की तस्वीर लेते हैं। यह तो बेजोड़ है। सही तस्वीर तो आप ही लेते हैं इंसान की। वाह!"

वंडरफुल अब बकने लगा, "बाबूजी! यहाँ बिजनेस का तो कोई मजा ही नहीं। लाहौर में जब हम थे तो ऐसे एक-एक पोज के लिए एक-एक सौ रुपए लोग देते थे। यहाँ तो लोग 'आरट' को समझते ही नहीं।...अच्छा जी! अब फ़र्माइए, आपके लिए कौन-सा सेट लगवाऊँ!"

"मेरे लिए?...मेरे लिए सेट लगवाने की जरूरत नहीं। मैं अपने मन का पोज देना चाहता हूँ।" मैंने गम्भीरतापूर्वक कहा।

"बेहतर जी! फर्माइए।"

"मेरे गले में रस्सी का फन्दा डालकर एक पेड़ से लटका दो। फोटो ऐसा उतरे, जिसमें मेरी आँखें और जीभ बाहर निकली हुई हो और हाथ में एक कागज का टुकड़ा हो जिस पर लिखा हो—'खुश रहो वंडरफुल वतन हम तो सफर करते हैं'।"

[अवंतिका, जुलाई, 1953]

अपनी कथा

आप अपनी कथा के पात्र का नाम राम-श्याम-यदू रखिए या हेरी-डिकटॉम; बुझक्कड़ लोग उसको आपकी ही कहानी बूझेंगे। आपको ही आपकी कथा का पात्र मानेंगे। और, जिस दिन आप सचमुच में अपनी कथा, अर्थात् आत्मकथा सुनाने बैठेंगे, बुझक्कड़ों की मंडली त्राहि-त्राहि पुकार उठेगी...अहं की भी सीमा होती है।...अपने को पंडित नेहरू समझने लगा है,...मानसिक चिकित्सागार में भेजो, इसको!

पता नहीं, आप वैसी स्थिति में क्या कीजिएगा। किन्तु, मैंने जब अपनी कथा शुरू कर दी है तो, अन्त तक सुनाकर ही उठूँ। मानसिक चिकित्सागार में भेजकर मेरी कहानी को बन्द कैसे कर सकता है, कोई? मेरा अनुमान है, अपनी कथा सुनानेवाला वहाँ भी अपनी कथा सुनाता होगा। वहाँ भी सुननेवाले होंगे, रसिक-सरस-सहृदय श्रोता, पाठक!

कथा-शास्त्रियों का कथन है, हरेक कथा में एक जीवन-दर्शन होना आवश्यक है। हर कथाकार का जीवन-दर्शन होना चाहिए, कोई।

अपनी कथा का जीवन-दर्शन, सोदाहरण प्रस्तुत कर रहा हूँ।...

अपनी गली की गूँगी-बूढ़ी को मैंने अपनी इस कथा की पात्री के रूप में पेश किया है। तो, मैं ही यह गूँगी हूँ। उस बूढ़ी को सबसे अधिक सतानेवाला, गली का सर्वोच्च-शैतान छोकरा सतना भी मैं हूँ। क्राइमेक्स के आसपास, गूँगी-बूढ़ी को चिढ़ाने-सताने में मशगूल सतना का प्यारा कुत्ता मोटर के नीचे कुचलकर मर गया जो, वह मैं ही था। वह चीख मेरे ही कंठ से निकली थी। कथा के अन्त में,

सतना रोया, मैं रोया। अपने सबसे बड़े दुश्मन के प्यारे कुत्ते की मौत पर बूढ़ी रोयी, मैं ही रोया। बूढ़ी ने सतना की पीठ पर बड़े प्यार से अपनी हथेली रखी, मैंने अपनी पीठ पर अपना हाथ रखा!...

मतलब यह कि हर कथा को लेखक की आत्मकथा होनी चाहिए। वरना, कथा असफल है।...मेरे सामने समस्या है, अपनी कथा से अपने को कैसे बहिष्कृत करूँ? कैसे निकाल दूँ, 'मैं' को? क्यों निकाल दूँ? असफल कथाकार कौन कहलाना चाहेगा, भला!

(1943-44; भागलपुर सेंट्रल जेल; सेग्रिगेसन वार्ड)

गर्मियों की रात में, कुछ दिनों के लिए, हमें बाहर में सोने की इजाजत मिली थी। हर रोज, लॉक-अप (तालाबन्दी) के पहले ही, उच्च श्रेणी के नजरबन्दों के वार्ड के सामने बाबुओं की खाट-खटाली लग जाती। मशहरियाँ तन जातीं। (...वे नवाबी के दिन!)

रात को, भोजनोपरान्त हम बेल-तले बैठते थे। इसी बैठने-बिठाने के सिलसिले में, सप्ताह में एक दिन 'गब्बे हाउस' का कार्यक्रम भी हो जाता था। 'गब्बे हाउस' के तत्कालीन संचालक, वर्तमान काल में बिहार सरकार के मंत्रियों में से एक हैं। सदस्यों में कई, अपने संचालक की तरह स्थूलकाय होने के अलावा मोटे-तगड़े कई ग्रन्थों के प्रणेता थे। उपनामधारी असाहित्यिक व्यक्तियों की संख्या अधिक थी। मेरे-जैसा पिट्‌दी-सदस्य एक और था, जो आजकल 'डिल्ली' में रहता है।...

जो भी हो, वैसी अच्छी साहित्यिक-बैठकियों का आनन्द, बाहर कभी प्राप्त हुआ हो...याद नहीं? न जेल जाने के पहले, न बाद में। 'गब्बे हाउस' में लोग अपनी कथा सुनाते थे। अपनी कथा, आपबीती, आपदेखी, आपसुनी—भूत-प्रेत की, आदमी की, जानवर की। संचालक जिसको हुक्म दे दें, बगैर झिझक के शुरू कर देना ही सदस्यता-रक्षा की पहली शर्त थी। नहीं तो जाइए! शतरंज खेलिए या गीत गाइए! फिर, कथा चढ़ती कसौटी पर। खरी उतरने पर कथा कहनेवाला खुद-ब-खुद माननीय सदस्यता प्राप्त कर लेता था।

...भूत की कहानी सुनानेवाले कई सदस्य बीच में 'आउट' कर दिये गए। प्रचलित, यानी ट्रेडिशनल भूतकथा की कोई कड़ी पकड़ी गई और 'आउट'

घोषित हो गए। भूत का खैनी-तम्बाकू माँगना, पीछे-पीछे नाम लेकर पुकारना, आदि बातें चालू कथा की श्रेणी में आ जाती थीं। और हमारे 'गब्बे हाउस' में चालू कथा नहीं चल सकती थी।

पहले ही कह चुका हूँ, उस 'गब्बे हाउस' का एक पिद्दी-सदस्य यह अपात्र भी था। मेरी पात्रता परखने के लिए या संचालकीय विधान के अनुसार एक दिन मुझे हुक्म हुआ—आज 'हाउस' तुम्हारा 'गब्बे' सुनेगा।

हुक्म तो नहीं, लगा पेड़ से बेल गिरा! संचालक महोदय हुक्म देने के बाद घड़ी देख रहे थे!

अपात्र ने अपनी पात्रता प्रमाणित करने के लिए कथा शुरू कर दी! भूत से हाथ मिलाने की कथा!—बतौर शीर्षक के मुँह से पहले ही निकल गया। हाथी के दाँत की तरह?

सभी सदस्य उत्कर्ण हुए! भूत की कथा कहने में मात्र एक ही व्यक्ति माननीयता प्राप्त कर सके थे, अब तक। संचालक महोदय प्रेततत्त्व के परम पंडित समझे जाते थे। बहुत सारी अँगरेजी, बंगला, संस्कृत पुस्तकों का हवाला देकर भूत-कथाओं को 'आउट' कर देते थे!

सो, इस पिद्दी की हिम्मत पर कई सदस्यों ने अचरज भी प्रकट किया। कुछ लोगों ने व्यंग्यबाण भी छोड़े...'नर-भूत या मादा-भूत? मैंने सदस्यों को स्मरण करा दिया—अकारण व्यंग्य करनेवाले अथवा कथा में अन्यथा अटकाव टालनेवाला; संचालक के कथनानुसार 'हाउस' का गब्बू, 'डबल गब्बू' और 'डम्फास' कहलाता है।

अपात्र ने अपनी कथा की भूमिका में—हाउस में उपस्थित एक अर्धवधिर सदस्य को साक्षी-साथी के रूप में पेश किया। वे जमींदार थे, शिकार-विकार की बात उन्हीं के सिर खेल गया। उनकी मन्द-मन्द मुस्कराहट से मेरी कथा को बल प्राप्त हो रहा था।...मान लीजिए, उनका नाम रायजी था।

हमारे मित्र रायजी जमींदार-सुत हैं, यह तो आप जानते ही हैं। इनके पूर्वजों ने बाघ-भालू का शिकार किया होगा। किन्तु, रायजी वैसे खूँखार शिकारी नहीं।

रायजी अपने मित्रों को हर वर्ष चिड़ियों के शिकार का प्रलोभन देते और बात पक्की होकर पत्र लिखने की अवधि तक मौसम समाप्त हो जाता और

चिड़ियाँ उड़ जातीं—अपने देश! हर बार वे लाल-सर और मुर्गाबियों से लेकर किसी-न-किसी अजनबी तथा 'अब अलभ्य' जाति की पंछी की चर्बीदार चर्चा करते, जिसके मारने पर बन्दूक जब्त हो जाती है, पाँच सौ रुपये दंड...।

उस बार, रायजी मिले, तो चिड़ियों के साथ-साथ भूत की चर्चा में दिलचस्पी दिखलायी। और कहा—'इस बार अगहन में मेरे 'कामत' पर आओ। बस्टर्ड का गोस्त चखाऊँ और भूत से करमर्दन करवा दूँ।'

रायजी के ऐसे आमंत्रणों को हमने कभी 'सिरियसली' नहीं ग्रहण किया। उस बार भी हम भूल-भुला चुके थे। एक दिन रायजी का पत्र मिला—मित्रों को सम्मिलित आमंत्रण! अमुक तिथि को, अमुक ट्रेन से, अमुक स्टेशन पर उतरो।... निमंत्रण-पत्र में नये साल की किसी नयी चिड़िया का जिक्र था। नाम याद नहीं।

हमारे यहाँ हर छोटे-बड़े जमींदारों के कामत होते। घर से दूर, दूसरे इलाके में, बकाश्त जमीनों की दखली के लिए वे कचहरी बनाते थे। हल-बैल रखते, हलवाहे-चरवाहे बहाल करते थे। घर का एक सदस्य कामत का इन्चार्ज होता था। कामत पर घर की स्त्रियों को रखने का रिवाज नहीं था।

वर्षों से उड़ती हुई चिड़िया मानो खुद हमारे हाथ में आकर बैठ गई। हमने प्रोग्राम बना लिया, चिट्ठी का जवाब दे दिया।

छोटा-सा गँवई स्टेशन! जहाँ गाड़ी शायद अनिच्छापूर्वक रुक जाती है। रुकते-रुकते खुल जाती है। रायजी ने अपने पत्र में लिख दिया था, स्टेशन से गाँव ज्यादा दूर नहीं। पगडंडी पकड़कर, अगहनी धान के खेतों के मेड़ों को पारकर मैदान में आओगे, तो गाँव के शिवाला का कलस, पेड़ की आड़ से निकलकर दिखलायी पड़ेगा।...सामान ढोने के लिए बैलगाड़ी मौजूद रहेगी, स्टेशन पर।

स्टेशन पर उतरकर हमने पूछताछ की। रायजी की गाड़ी कहीं नहीं मिली। स्टेशन के प्वाइंट्समेन को पैटमान बाबू-पैटमान बाबू कहकर प्रसन्न किया, तो वे सामान का जिम्मा लेने को तैयार हो गए—मुदा जान लीजिए! डाकगाड़ी आने के पहले ही बैलगाड़ी भेज दीजिएगा! नहीं तो, गोदाम में बन्द हो जाएगा सामान।

अगहनी धान के खेतों को पार कर हम मैदान में पहुँचे, तो डूबते हुए सूरज की अन्तिम किरण शिवाला के कलस पर चमक रही थी। धान काटकर घर लौटते हुए मजदूरों से मालूम हुआ—चनपटिया के बाबू रायजी आजकल अपने

कामत पर ही हैं। धान के बोझ से लदी एक बूढ़ी ने कहा—आज सुबह को ही कामत का नौकर गुअरटोला से घी खरीदकर ले गया। नसीबन का बेटा अंडे बेच आया है।

हमने एक-दूसरे की ओर देखा। घी, अंडे?? देह में गर्मी आ गई। अगहन की उस साँझ की याद मुझे हमेशा आती है। गाँव के पास, सरसों के खेत के पार एक गाँव की एक गोरी रह-रहकर अपनी गाय को पुकार रही थी—गोली-ई-ई गोली-इ-ई-ई। हि-बा-हि। हि-बा-हि।

उस लड़की की साड़ी, लाह की चूड़ी और माँग के सिन्दूर को देखकर हमने समझ लिया इसका हाल ही में गौना हुआ है। ससुराल से मायके आई है...। परदेसियों को देखकर जरा चौंकी। कमर खोंसी हुई साड़ी के छोर को ठीक करती हुई वह हमें देखती रही।

मैंने परदेसी होने का हक अदा किया। असल में, उस लड़की से बात करने की वासना पर विजय नहीं प्राप्त कर सका। पूछा—चनपटिया के बाबू का कामत किधर है, बता सकती हो...दाय?

दाय! अर्थात् छोटी बहन!...मुझे अपनी छोटी बहन की याद आई!

लड़की ने जवाब दिया—पछियारी टाल के किनारे पर, बँगला-घर है। इस रास्ते से जाइए!

वह अपनी गोली गैया को पुकारने लगी।

रायजी के कामत पर पहुँचते-पहुँचते गाँव-भर में सँझाबाती हो चुकी थी। कामत के बँगला-घर में भी रोशनी हो रही थी।...वही रोशनी देख रहे हैं न। वही है कामत!

कामत! बँगला-घर!

बँगला-घर के ओसारे पर एक झबरा नेपाली कुत्ता सोया हुआ था। हमें देखकर उसने सिर उठाया, एक बार। फिर, चुपचाप लेट गया। हमने, हम सभी ने बारी-बारी से कुत्तों के विभिन्न नामों से उसको पुकारा—टामी...टाइगर... किटी...। किन्तु, उसने सिर उठाकर देखने का कष्ट नहीं किया!

किन्तु, कामत के बँगला-घर की खामोशी से हम शंकित हुए। किसी की आहट तक नहीं मिली! खाँसने की आवाज भी नहीं सुनाई पड़ी, किसी की।

एक श्रावणी दोपहरी की धूप

एक मित्र ने आवाज लगाई—'रायजी-ई! ...' जवाब नदारत! मित्र की आवाज से कुत्ते की नींद भी न खुली। कामत-बँगले की निस्तब्धता में कोई बाधा नहीं पड़ी। बँगले के दोनों कमरों में हरिकेन-लालटेन की रोशनी हो रही थी। बगल, रसोईघर में हल्की रोशनी, टिमटिमाते हुए चिराग की ही होगी।

हम, एक क्षण किसी की, कहीं से प्रकट होने की, आशा में खड़े रहे। मित्रों में एक मित्र को हम क्रान्तिकारी मानते थे।...क्रां-दोस्त कहते हम।

(मैंने 'गब्बे हाउस' के सदस्यों को अपने उस दोस्त का नाम बताया। क्रां-दोस्त उसी जेल के 'ओल्ड सेल' में डंडा-बेड़ी की सजा भुगत रहा था।)

उसने, आगे बढ़कर कहा—'मालूम होता है बैलगाड़ी लेकर खुद स्टेशन गया है।' ...हम लोगों ने पगडंडी पकड़कर गलती की। घरवाला नहीं है तो क्या, घर तो खुला है!

रायजी घर खुला छोड़कर स्टेशन गए हैं, यह मैं नहीं मान सका। क्रां-दोस्त के पीछे-पीछे हम बँगला-घर के ओसारे पर गए। उन्होंने, कमरे में झाँककर देखा और पाँवपोश पर जूते के तल्लों को घसते हुए बोले—'अन्दर बैठना ही अच्छा होगा।... पूरा साहबी-ठाठ है, यहाँ तो।'

एकमात्र आरामकुर्सी पर चादर ओढ़कर लेटते हुए वे एक विकट हँसी हँसे! मेरी निगाह, ओसारे पर सोये हुए रायजी के रखवारे श्वान पर थी। बीमार तो नहीं मालूम पड़ता! हम अँगनाई से ओसारे पर चढ़े, ओसारे से कमरे में गए। और, रायजी का (नमकहराम!) कुत्ता सोया रहा चुपचाप!

क्रां-दोस्त दूसरे कमरे में ताक-झाँक आए। हमारे सोने की व्यवस्था दूसरे कमरे में की गई थी। जमीन पर पुआल की गद्दी पर गद्दा और गद्दे पर बगुले के पंख की तरह सफेद चदरी।...रायजी, पूरे रायजी हैं। वाह रे रायजी!

दोस्त बगल के दूसरे कमरे में लालटेन लेकर घुसे—'आनन्द-ही-आनन्द है दोस्तो।...अंडे हैं, स्टोव है, दूध है, चीनी है। भूख लगी है, सर्दी ज्यादा है।... अरे, रायजी पूरे रायजी हैं?'

क्रां-दोस्त का प्रफुल्ल-उत्फुल्ल मुखमंडल देखने योग्य था! ...भाय-रे-भाय! जुट पड़ो! टूट पड़ो!!

हम सभी तुरत मूड में आ गए। बहुत दिनों के बाद मौके से हाथ लगा है।

क्यों न, सूद सहित वसूल कर लिया जाय?

मेरे मन में खटकनेवाली शंका (कि इस गाँव में अशोक का शासन कहाँ से आकर छा गया है?) दूर हो गई, आप-ही-आप।

स्टोव की सनसनाहट क्रमशः तेज हुई। रायजी के लौटने के पहले अंडा और चाय तैयार हो जाय तो खूब रहे। अपने ही घर में अपने को मेहमान पाएँगे।

स्टेशन पर बैलगाड़ी नहीं देखकर, लौटती हुई गाड़ी से ही लौटने का प्रथम प्रस्ताव करनेवाला मित्र अब खुशी से कोई गीत गुनगुना रहा था। हम सभी किसी-न-किसी तरह, उसकी गुनगुनाहट के ताल पर झूम रहे थे।

राय? नहीं, कोई और है।

दरवाजे पर एक सुदर्शन युवक मुस्कराता हुआ खड़ा था। सफेद पतलून, चेक का कुर्ता, पैरों में केड्स-जूता। घुँघराले बाल! क्रां-दोस्त ने स्वागत-शब्द के लिए वैसी मसालेदार भाषा का क्यों प्रयोग किया, आज तक नहीं समझ सका हूँ। उन्होंने हाथ में चाय का प्याला लेकर अजब अभिनय और अदा के साथ कहा—'तसरूँ-उ-उ-फ्फ फरमाइए जनाब!'

आगन्तुक युवक इस अप्रत्याशित व्यवहार से अप्रतिभ हुआ। धीमे स्वर में बोला—"रायजी नहीं?"...

क्रां-दोस्त नाराज होकर, मेरी ओर आग्नेय आँखों से देखते रहे। किन्तु मैंने उनको बात करने का मौका नहीं दिया। नम्रतापूर्वक कहा मैंने, "आइए।"...हमने समझा रायजी ही आए। हम भी उन्हीं की प्रतीक्षा कर रहे हैं।

"और रायजी आप लोगों की सुबह से ही प्रतीक्षा कर रहे हैं।" सुदर्शन युवक आकर मेरे पास बैठ गया। उसकी मुस्कराहट खूबसूरत होती ही गई। कुछ क्षण चुप रहकर बोला। बोलते समय थोड़ा हकलाया, "मैं रायजी का मित्र हूँ।"

"तो, लिया जाय!" क्रां-दोस्त ने अपनी गलती सुधारने के लिए चाय की प्याली युवक के सामने रखते हुए, फिर अंडा बढ़ाते हुए कहा, "खाया जाय!"

रागी मित्र की गुनगुनाहट बीच में ही कट गई थी। युवक ने कहा, "बहुत अच्छा गीत गा रहे थे।...मेरा दुर्भाग्य, मेरे आते ही बन्द हो गया।"

क्रां-दोस्त ने पुनः अपनी सरदारी शुरू की। बोले, "जी हाँ। वो जरा फिल्मिस्तानी है।"

"जरा आप भी!" युवक के इस क्षिप्र और संक्षिप्त व्यंग्य पर मैं ठठाकर हँस पड़ा।

क्रां-दोस्त की समझ में बात नहीं आई। और वे अपनी हँसी को समेटकर कुछ टटोलने लगे, बोलने को। मैंने युवक से पूछा, "आप, इसी गाँव में रहते हैं?"

"जी हाँ।"

"क्या करते हैं? पढ़ते हैं कहीं?"

"नहीं। मैं यहाँ डॉक्टरी करता था?"

तीन कप पर-हेड के हिसाब से चाय का पानी डाला गया था। रह-रहकर क्रां-दोस्त की गुड़गुड़ाहटदार चुस्की प्रतिध्वनित होती और बार-बार अजनबी युवक चौंक-चौंककर देखता! क्रां-दोस्त के चेहरे पर चाय की गर्मी चमक रही थी। पूछा, "जनाब का नाम?"

"पी. के. बनर्जी!"

"तो, आप बोंगाली मोशाय हैं?" क्रां-दोस्त गोल-गोल बोली निकालने के लिए अपने ओठों को संकुचित कर गोल बनाये रहे! एक मिर्चखोर दोस्त ने अंडे के मिर्च को चबाकर, सिसियाते हुए चाय में चुस्की ली और 'आ...ह' कर उठा! मैंने पूछा, "अब क्या करते हैं?"

"कुछ नहीं।" युवक ने अपना चाय का प्याला जमीन पर रखते हुए कहा, "क्या कर सकता हूँ?"

"डॉक्टरी क्यों छोड़ दी आपने? इलाका तो खूब अच्छा है!"

"हेमोपेथी करते होंगे।" क्रां-दोस्त अपनी मित्रमंडली की ओर आँखें मारकर हँसे। मैं चुपचाप उस युवक का सप्रतिभ चेहरा देख रहा था!

"नहीं। ऐलोपेथी।...छोड़ नहीं दी। कर नहीं सकता। मैं कुछ नहीं कर सकता।"

ऐसे युवक के मुँह में ऐसी उखड़ी-उखड़ी बातें नहीं शोभा दे रही थीं। क्रां-दोस्त पर मन-ही-मन क्रोधित हुआ, मैं। मैंने कहा, "बनर्जी बाबू। आप रायजी के मित्र हैं। हमें भी मित्र ही मानिए।"

"जरूर...जरूर...निश्चय...निश्चय! मैं झूठ नहीं कहता, मैं सब कुछ करना चाहता! कर कुछ नहीं सकता, किन्तु।...कभी कुछ नहीं कर सका। क्या कर सका?"

बनर्जी के दिमाग पर सन्देह करने की इच्छा नहीं हुई। हालाँकि क्रां-दोस्त अपने सिर के इर्द-गिर्द अपने बायें हाथ की एक उँगली चक्रवत् घुमाकर मित्रों को दिखा रहा था...ढीला है!

बनर्जी ने अपनी निगाह एक बार इधर-उधर घुमाई। फिर स्वयं ही बोलने लगा, "मैं दस वर्ष पहले इस गाँव में आया था। इसी कामत के बगल में मेरी डिस्पेंसरी थी। मैं गरीबों से विजिट का पैसा नहीं लेता था। उस समय लोग इसी तरह अपने सिर के पास उँगली घुमा-घुमाकर मेरे सिर के पुर्जों को ढीले होने की बात करते थे। मैं कहता, मेरे सिर में पुर्जे हैं ही नहीं। ढीला क्या होगा? हा-हा-हा...।"

युवक की खुली हँसी सुनकर क्रां-दोस्त कुछ आतंकित हो गए!

बनर्जी कहने लगा, "आठ साल तक मैंने यहाँ काम किया, कभी बीमार नहीं हुआ। उन दिनों, इस इलाके को काला-आजार का मजबूत किला कहा जाता था। नौवें साल, मैं बीमार पड़ा। साल-भर बीमार रहा...।"

मैंने बात काटते हुए कहा, "एक साल? काला-आजार...?"

बनर्जी फिर हँसा, "नहीं। काला नहीं, गुलाबी-आजार!"

"लंग्स?"

"नहीं भाई, उसको तो सफेद-प्लेग कहते हैं डॉक्टरी-कोड-भाषा में—व्हाइट-प्लेग...गुलाबी-आजार!"

(गब्बे हाउस के अभिव्यंजनावादी सदस्य ने गब्बे हाउस की खामोशी को तोड़ते हुए बात पकड़ी—प्रेम-व्रेम तो नहीं?

मैंने कहा—जी!)

गुलाबी-आजार का मतलब सुन-समझकर क्रां-दोस्त ने ठहाका लगाया, "वा-वा-वा-वा-क-ह। जनाब तो जरा-मरा नहीं; पूरे फिल्मिस्तानी हैं। हा-हा-हा!... उस...जालिया का नाम?" बनर्जी दिल खोलकर हँसा। किन्तु, तुरत गम्भीर हो गया। मैं उसके चेहरे को गौर से देख रहा था।

(संचालक महोदय ने टोका—और, वह कुत्ता?

—वह लेटा ही रहा, पूर्ववत्!

—ओ!

गब्बे हाउस शान्त! सदस्यों के चेहरे पर बारी-बारी से नजर दौड़ाई, मैंने!)

बनर्जी ने अब और भी सहज-सुर में शुरू किया, "इस गाँव के एक प्रमुख और प्रतिष्ठित परिवार की कन्या थी वह। सो, हम साल-भर तक एक-दूसरे को देखते ही रहे। आँखों-ही-आँखों में बातें होती रहीं...जिस दिन वह बोली...पहली बोली उसकी भूल सकता हूँ भला? बोली नहीं, बजी—मीठे सुर में—तुम मेरे दुलहा हो न?" मैंने कहा, 'हूँ। लेकिन।' वह जिद्दी लड़की की तरह बोली, 'लेकिन-बेकिन कुछ नहीं। तुम मेरे 'वर' हो दुलहा हो।...हम चोरी-चोरी मिलते।' वह हर बार एक ही बात पूछती, पूछती ही रहती लगातार, 'हो न? तुम मेरे वर हो, तुम दुलहा...!' साल-भर में मेरे कितने रोगी मरे, कितने बचे—मुझे याद नहीं।...एक दिन हम दोनों ने एक-दूसरे को बेचैन होकर पूछा, 'कैसे क्या हो?' हमने तरह-तरह के रास्ते सोचे। अन्त में, उसने हिम्मत के साथ कहा, 'कल! बस, कल!! मैं माँ से कहूँगी, डॉक्टर मेरा 'दुलहा' है। इसके बाद जो हो, कुछ होकर रहे। मैं तुमको बुलाऊँगी डरना नहीं आना। कहना—हाँ मैं दुलहा हूँ, कमली का, कमली मेरी दुलहिन है। मैं कहूँगी—हाँ! उसकी बहादुरी-भरे प्रस्ताव से मेरा साहस बढ़ा—आऊँगा!'

"वाह दोस्त! मर्द की बात और हाथी का दाँत!" क्रां-दोस्त की टीका-टिपकारी बुरी नहीं लगी—बनर्जी को। उसने उत्साहित होकर कहा, "आप ठीक कहते हैं।"

मैं, बनर्जी के चेहरे पर आँखें गड़ाकर बैठा था—पर चुपचाप। उसके ओंठ ज़रा कँपे। उसकी बोली जरा लड़खड़ाई। वह हकलाता हुआ बोला, "दूसरे दिन, शाम को उसका नौकर दौड़ता आया। —'कमली दीदी को न जाने क्या हो गया है। जल्दी चलिए, तहसीलदार साहब बुला रहे हैं।' समझ गया, कमली ने बम फेंक दिया है। इसके बाद, मेरा काम है। तुरत चल पड़ा। साथ में कुछ नहीं लिया। जानता था, दवा के बक्स की कोई जरूरत नहीं...।"

"जी हाँ! गुलाबी-आजार में बक्स और शीशी की दवा क्या काम करेगी?"

हम हँसे। किन्तु, बनर्जी अब एक पुतले की तरह, निर्विकार मुद्रा में कहता गया—लेकिन, वहाँ जाकर देखा जरूरत दवा की ही थी।—रात-भर वह मेरे हाथ की दवा पीती रही, सूई लेती रही। भोर होने के पहले, वह चली गई। जाते-जाते मुझे पुकार गई।

बनर्जी के मुखड़े पर बहुत देर के बाद एक रेखा उभरी—दर्द की! फिर बोला, "उसके बाद रोज आने लगी!...फिर वही सवाल, प्रश्नों की झड़ी, 'हुए न? तुम मेरे दुलहा, हुए तो मेरे साथ चलते क्यों नहीं?...' कब तक उसकी बात को टालता!। एक दिन, उसने मुझे पुकारा। मैंने जवाब दिया, साथ हो लिया। वह हँसी, खिलखिलाकर उस दिन से हम साथ हैं।..."

"साथ हैं?" प्राय: सभी के मुँह से एक ही साथ निकला।

"हाँ! साथ-साथ!...थोड़ी देर भी अलग होता हूँ तो वह घबड़ा जाती।"

कामत-बँगले के ठीक ऊपर, आकाश में कोई जल-पक्षी पुकार उठा।

बनर्जी उठ खड़ा हुआ, अचानक, "वही...बुला रही है!...अच्छा तो, अभी मैं चला। आपके मित्र रायजी आवें तो...।" बनर्जी ने बात अधूरी रखकर मेरी ओर हाथ बढ़ाया, "आप चाहेंगे तो, फिर मिलूँगा। आज, बस...।" बनर्जी की हथेली अपने हाथ में लेते ही मैं सिहर उठा—बर्फ... ज्जा!

बाहर फिर एक पंछी की किलकिलाहट सुनाई पड़ी। रायजी के कुत्ते ने इतनी देर के बाद खामोशी तोड़ी। एक बार 'हुँक' कहकर उठ बैठा। इतने लोगों के बीच खड़ा हँसता-मुस्कराता मुझसे हाथ मिलाता हुआ वह गायब हो गया। हम सभी ने एक ही साथ कुछ पुकारने की चेष्टा की। सिर्फ क्रां-दोस्त की आवाज फूट सकी —'ह-हो य-हो-य।'

मैं एक कट्टर आर्यसमाजी का अकाल परिपक्व बेटा—भगवान को मनुष्य का मानव-पुत्र माननेवाला! 'जय माँ काली, जय माँ काली' जप रहा था कातर स्वर में।

बाहर, घोड़े के टापों की खटपटाहट सुनाई पड़ी। कुत्ता बँगले के ओसारे से नीचे कूद गया और उछल-कूदकर भूँकने लगा।...किसी ने मेरा नाम लेकर पुकारा। खिड़की से बाहर झाँकने की हिम्मत नहीं हुई। गीत गुनगुनानेवाले मित्र ने कहा, "रायजी। रायजी आए।" लेकिन, यह रायजी, रायजी ही हैं, क्या सबूत?

रायजी ने सब कुछ समझ लिया पलक मारते, "ओ! बनर्जी आया था शायद?"

हम सभी एक साथ बोले, "हाँ।"

रायजी ने पूछा, "हाथ भी मिलाया किसी से? किससे मिलाया?"

"मुझसे!" मैंने कहा।

रायजी ने प्रफुल्लित होकर, "मैंने कहा था न? मेरा खयाल है वह किसी और से हाथ मिलाता भी नहीं। —क्यों?...क्या होगा?"

रायजी स्टोव को फिर से जलाने की तैयारी में लगे। उधर स्टेशन से बैलगाड़ी भी लौट आई। खाली नहीं, पैटमान से रायजी के गाड़ीवान नागेसर राम की दोस्ती है, पुरानी।

"होगा क्या। भूत से दोस्ती हुई है। निभाइए...!"

(मेरी कहानी खत्म हुई। 'गब्बे हाउस' में सन्नाटा छाया रहा। मित्र रायजी के ओठों पर अर्धवधिरोचित मुस्कराहट जस की तस बनी रही। संचालक ने अपने भारी-भरकम शरीर को तौलते हुए 'गब्बे हाउस' के सदस्यों से पूछा, 'वह कुत्ता अर्धमृतकावस्था में क्यों पड़ा रहा समझे?' फिर, उन्होंने इसकी प्रेतवैज्ञानिक व्याख्या की।

पिद्दी सदस्य को माननीयता प्राप्त हो गई! किन्तु, उस रात बाहर सोनेवालों ने कई बार उठते-बैठते और करवट लेते हुए व्यक्तियों से अकचकाकर पूछा, 'कौन? कौन?'

सुबह को रायजी ने मुझे उठाकर पूछा, 'कौन-सी कहानी थी रात जो लोग भोरे-भोर मुझे तंग कर रहे हैं कि बनर्जी से आपकी पहली भेंट कैसे हुई?...कौन है यह बनर्जी?' 'क्या कहूँ?' मैंने बीच में ही रायजी की हथेली टीप दी। रायजी विहँस पड़े। पूरे एक सप्ताह के बाद रायजी मुखबिर हो गए, यानी मेरी कहानी को कोरी काल्पनिक प्रमाणित कर दिया। उन्होंने तो 'गब्बे हाउस' के सदस्यों से मिल-जुलकर मेरी पीठ की अच्छी मरम्मत की! मार रहे थे या ठोक रहे थे, याद नहीं; किन्तु, संचालक ने कहा, 'मैं इसको काल्पनिक कहानी नहीं मानता। हमने अपनी आँखों से देखा है। तुमने हाथ मिलाया है। रायजी के कहने से क्या होता है, कहानी घटते समय वहाँ रायजी का कुत्ता जिस अवस्था में था, कहते समय रायजी स्वयं उसी अवस्था में, ...तुम्हारी सदस्यता कोई नहीं छीन सकता!!')

1945 से लेकर 1952 तक कल्पना प्रसूत प्रशान्त बनर्जी की याद करता, वह हाथ बढ़ाता, मैं भी हाथ बढ़ाता। और अन्त में मैं हाथ मलकर हँसने लगता अपने-आप पर!

बीमार पड़ा अस्पताल में दाखिल हुआ। काला-आजार अथवा गुलाबी-आजार

नहीं! एकदम खाँटी व्हायट प्लेग!...मित्रों ने देखा, आक्सीजन सिलिंडर घसीटकर मेरे पलँग के पास लाया जा रहा है। समझ लिया, कुछ देर के बाद पलँग को घसीटकर बाहर किया जाएगा।

कहते हैं, फेफड़े का रोगी मुँह में पानी देनेवाले को भी पहचानता है। गो-दान की सारी विधियों को समझता-बूझता हुआ, धीरे-धीरे सो जाता है सदा के लिए। मेरा निजी अनुभव है।

आँखें झपकीं, समझ गया—चिरनिद्रा आ गई! बर्फ! किसी ने मेरे ओठ पर बर्फ का टुकड़ा रख दिया। डेटॉल की गन्ध से समझ गया, नर्स की उँगलियाँ हैं, नाक के पास। आँखें खोलने की चेष्टा की, किन्तु किसी को देखकर रुक गया। आँखें मूँदा ही रहा। "...कौन? प्रशान्त बनर्जी?"

उसने कहा, "हाँ दोस्त! उस दिन हाथ मिलाकर फिर भूल ही गए। कभी तो याद किया होता!...चलो जरा सरको! आज मुझे भी सोने दो अपने पास। खटमल-बटमल तो नहीं हैं, पलँग में!" वह मेरे पास आकर सो गया। "गर्म...गर्म... आह! डॉक्टर...प्रशान्त!...बनर्जी...दोस्त...मैं इतनी गर्मी में पिघल जाऊँगा।"... उसने करवट लेते हुए कहा, "वाह रे मोम का पुतला! पिघल जाएगा! चुपचाप सो रहो! देखूँ किस तरह पिघलते हो!"

सुबह आँखें खुलीं और मुझे लगा—मैं स्वस्थ हूँ। एकदम स्वस्थ। डॉक्टर हई राउंड में आए और मैंने मुस्कुराकर कहा, "मैं स्वस्थ हो गया।" डॉक्टर ही बहुत देर तक...मेरी आँखों में आँखें डालकर—मुझे देखते रहे!...कुछ बुदबुदाए मन-ही-मन। उनकी बुदबुदाहट मेरे मन में बहुत जोरों से प्रतिध्वनित हुई—ला-इ-लाही...!

अस्पताल से भला-चंगा होकर बाहर निकला! कुछ दिनों तक अपनी बदली हुई सूरत और निखरी हुई काया को निहारता और पूछता, अपने से—मैं क्यों लौट आया? मुझे क्यों लौटाया गया? किसलिए; मैं किस काम का हूँ?—कोई जवाब नहीं!

एक रात को छटपटा रहा था कि मेरे अन्दर प्रशान्त बनर्जी ने आवाज दी—

"क्यों भाई? नींद नहीं आ रही?...मैं जानता हूँ। इस अनिद्रा से लाभ क्यों नहीं उठाते?"

"प्रशान्त मुझे बताओ मैं क्या करूँ?"

"मेरी सहायता लोगे? दोस्ती तोड़ोगे तो नहीं?"

"कभी नहीं?"

—उठो! तुम्हारे पास 1950 की एक मोटी, किन्तु एकदम निष्कलंक डायरी है। ले आओ। कलम पकड़ो। लिखो—प्रशान्त की कहानी, कमली की कहानी। हमें जीवन दो। हम तुम्हारे साथ रहेंगे। हम दोस्त हैं। और मैंने शुरू कर दी प्रशान्त की कहानी, कमली की कहानी...अन्ततोगत्वा अपनी ही कहानी...।

आपने पढ़ी है?

[ज्योत्स्ना, जनवरी 1959]

कस्बे की लड़की

"लल्लन काका! दादाजी कह गए हैं कि लल्लन काका से कहना कि सरोज फुआ के साथ...!"

लल्लन काका अर्थात् प्रियव्रत ने अपनी भतीजी बन्दना उर्फ बून्दी को मद्धिम आवाज में डाँट बताई, "जा-जा! मालूम है जो कह गए हैं।"

बून्दी अप्रतिभ हुई किन्तु उसके होंठों पर वंकिम-दुष्टता अंकित रही और लल्लन काका की मद्धिम झिड़की की कोई परवाह किए बगैर अब दादाजी की आज्ञा सुनाने लगी, "दादीजी कहती हैं कि सरोज फुआ नहा रही हैं। लल्लन काका से कहो, जल्दी तैयार होकर नाश्ता कर लें। सरोज फुआ को बहुत जगह जाना है। और रिक्शावाला...।"

"जा-जा!" प्रियव्रत पूर्ववत् पाइप पीता रहा।

बून्दी आँगन में लौटी तो उसने मुँह में पेंसिल डालकर लल्लन काका की नकल करते हुए सुना दिया, दादी को—"जा-जा!"

दादी अचार-पापड़ के मर्तबानों को धूप में डाल रही थी। बड़बड़ाई, "सभी कामचोर हैं।" बून्दी ने सविनय-सदुलार-निवेदन के सुर में कहा, "दा़दी-ई-ई! एक हरे मिर्च का अ-चा-र!"

"जा-जा, बड़ी पतली जीभ है तेरी।"

बून्दी का मुँह लटक गया। दादी ने मर्तबान से एक हरी मिर्च निकालकर देते हुए कहा, "जा भगेलू से कह, सामनेवाली दुकान से...।"

बून्दी दाँत से मिर्च को काटती सिसियाई, "सि-ई-ई! सारी सुबह मैं इधर-उधर

करती रहूँगी तो स्कूल कब जाऊँगी? जिधर जाओ, उधर ही जा-जा! जा-जा!! सरोज फुआ बाथरूम से बाहर ही नहीं होतीं। मैं कब नहाऊँगी, कब खाऊँगी... यह लो, यह गई गाड़ी स्कूल की!"

प्रियव्रत सुबह से ही तनिक झुंझलाया हुआ है। रात-जैसी गर्मी हजारीबाग में कभी नहीं पड़ी। नींद नहीं आई रात-भर। हालाँकि परिवार के और लोग हल्की ऊनी चादर डालकर सोए थे। प्रियव्रत की माँ बारहों महीने रजाई ओढ़ती है। हल्की-फुल्की रजाई गर्मियों में और भारी सर्दियों में।...और उनींदी रात की प्रतिक्रिया दूसरे दिन सुबह बाथरूम से ही शुरू होती है। दाढ़ी कई स्थान पर कट गई है। कनपटी के पास मीठा-मीठा दर्द है। वह सुन चुका है। बाबूजी का हुक्म, "लल्लन से कहना सरोज को जहाँ-जहाँ जाना है, ले जाए। बेचारी अकेली कहाँ-कहाँ जाएगी?" हूँह!...सरोजदी देहात से अकेली पन्द्रह-पन्द्रह स्टेशन रेलयात्रा करके यहाँ सकुशल आ सकती है तो शहर में ही कौन दिन-दहाड़े डाके पड़ते हैं कि सरोजदी के साथ एक सशस्त्र अर्दली जाए?—पुरुष माने सशस्त्र!...और सरोजदी का रूप भी इतना मारात्मक नहीं!...

प्रियव्रत सुबह से ही सरोजदी के सम्बन्ध में सोच रहा है। सरोजदी! बाबूजी के एक मुफसिनल के मुवैक्किल मित्र की बेटी! एकदम देहातिन नहीं कह सकते सरोजदी को। मैट्रिक पास करके गाँव के स्कूल में पढ़ाती हैं। स्कूल के काम से ही आई हैं। इसके पहले भी बहुत बार आई हैं। मिडिल की परीक्षा देने आई थीं। सरोजदी के बाबूजी भी साथ आए थे। मैट्रिक का इम्तहान देने आईं, अकेली। अकेली नहीं, दूर के एक चाचा पहुँचा गए थे। सरोजदी के पिता की मृत्यु उसी साल हुई थी। लेकिन सरोजदी के पिता ही क्यों, सरोजदी भी जब आईं, कभी खाली हाथ नहीं आईं। घी, शहद, महीन चावल, दही-पपीते—सब विशुद्ध! जब से देख रहा है प्रियव्रत, सरोजदी ऐसी ही हैं। सदा से...।

प्रियव्रत सोच रहा है, कैसा अन्याय है? एक ओर सरोजदी हैं जो इतनी चीजें, इतना प्यार से लेकर आती हैं और दूसरे ही दिन भाईजी और भाभीजी का मुँह लटक जाता है। तीसरे दिन माँ भी उखड़ी हुई बातें करने लगती हैं उनसे। भाभी चुपके-चुपके मुँह बनाकर कहेंगी, "इतने जोर से खुर्राटा लेती है सरोज। घंटों बाथरूम बन्द रखती है, सरोज...आज 'उनके' प्राइवेट रूम में चली गई

सरोज। वे अपने दोस्तों के साथ ड्रिंक कर रहे थे और यह भैयाजी-भैयाजी कहकर क्या-क्या रोने-गाने लगी।" भाभी बहुत स्वार्थी हैं। लेकिन, दूसरी ओर भाभी की आध दर्जन बहनें या भाईजी के साले की सहेलियाँ ख़ाली हाथ आती हैं। बिना मक्खन के रोटी नहीं खाती हैं और भाईजी की गाड़ी का इंजन हमेशा गर्म रहता है उन दिनों—बोकरो, कोनार, तिलैया, रामगढ़, राँची...। सरोजदी ने कभी नहीं कहा कि बिना कार के मैं एक कदम नहीं चल सकती। क्या सरोजदी के मन में भाईजी की गाड़ी पर चढ़ने की वासना नहीं हुई होगी? कौन जाने...!

सरोजदी साँवली नहीं, काली हैं। कद मँझोला है। मोटी नहीं, देह दुहरी है। सम्भवतः किसी ग्लैंड की गड़बड़ी के कारण उनकी बोली में तनिक गूँगेपन का सुर मिला हुआ है। चलते समय हर डग पर अस्वाभाविक ढंग से जोर देती हैं और प्रसन्न होकर हँसते समय मुँह से लार टपक पड़ती है, यदा-कदा। होंठ सदा भीगे रहते हैं।

प्रियव्रत को याद है, मैट्रिक की परीक्षा देने आई थीं सरोजदी। बाबूजी का मुहर्रिर इब्राहिम रोज़ टमटम पर साथ जाता था। फिर, चार बजे जाकर ले आता था। उस बार भाभी ने झूठ-मूठ सरोजदी पर आरोप लगाया था। बून्दी के गले की सोने की 'सिकरी' भाभी के बक्स से ही निकली थी!

सरोजदी बाथरूम से बाहर आ गईं, नहा-धोकर।..."लल्लन बाबू!" प्रियव्रत ने अब अपने से सीधा सवाल किया, "क्यों लल्लन बाबू, भाईजी की किसी साली या भाईजी के साले की किसी साली के साथ एक रिक्शे पर, शहर घूमने से तुमको कभी कोई ऐतराज होता?"

अन्दर आँगन में बून्दी भाभी से कुछ कह रही है, "क्या भगेलू जाएगा सरोजदी के साथ?"

भाभी कहती हैं, "तो क्या हुआ? रिक्शा के पायदान पर बैठेगा भगेलू।"

बाबूजी बाहर से आ गए।

साथ में हैं एक दूसरे वृद्ध-देवधर के अंजनी बाबू वकील। बाबूजी अब नियमानुसार अपने पुत्रों की निन्दा से शुरू करेंगे, और हर बेटे की तारीफ़ तनिक तफशील से अन्त में करेंगे, "हाँ, बड़ा देवव्रत—मन्नन—इंटरनेशनल टुबाको में है। बोला, 'सरकारी नौकरी नहीं करेंगे, चाहे सरकार अपनी हो या बिरानी।'...

नहीं करोगे तो मत करो। साली, सरकारी नौकरी में धरा ही क्या है, अब! मँझला लल्लन—प्रियव्रत—एम.ए. करके तीन साल से बैठा है। वह भी सरकारी नौकरी नहीं करेगा। हाँ, हाँ आपने ठीक पहचाना है, वही प्रियव्रत! कविता ही लिखता है और सबसे छोटा दहन—सत्यव्रत भागकर नेवी में चला गया। चिट्ठी आई तो मैंने भी कहा, 'डूबने दो कम्बख्त को। नेवी में जाए या एयरफोर्स में।' लिख दिया, 'मेरा लड़का सबकी राजी-खुशी से नेवी में भर्ती हो रहा है।' और क्या करें? इस साल ट्रेनिंग खत्म करके अफसर हो जाएगा।...भगेलू! कहाँ जा रहा है भगेलू? लल्लन कहाँ गया? सरोज के साथ भगेलू क्यों जाएगा? मैं जाऊँगा।"

प्रियव्रत धड़फड़ाकर उठा—अब एक सप्ताह घर की शान्ति गई। दिन-रात बड़बड़ाते रहेंगे। ब्लडप्रेशर बढ़ेगा। डॉक्टर विनय आएँगे, फिर दोनों मिलकर घर-भर के लोगों की दुर्गत कर डालेंगे। अन्दर जाकर बोला, "किसने कहा कि मैं नहीं जा रहा हूँ?"

कमरे में कपड़े बदलती हुई सरोज ने कहा, "लल्लन को छुट्टी नहीं है तो भंगेलू ही चले न!"

माँ बोली, "नहीं सरोज, लल्लन तैयार है।"

सरोज कमरे से बाहर आई। चप्पलों को बेतरतीबी से खिसकाती हुई। भीगे होंठों पर मूकजनोचित मुस्कुराहट छाई हुई...गिलगिलाती मुस्कुराहट!

रिक्शावाले की दृष्टि और मन्द मुस्कुराहट को परखता है प्रियव्रत। वह रिक्शे में सिकुड़कर, एक किनारे जा बैठा। सरोज पास आकर बैठी। सरोजदी कोई सस्ता किन्तु चालू पाउडर लगाती है, शायद। केश में कोई आयुर्वेदिक तेल डालती है क्या? साड़ी तो हैंडलूम की है। एक बार प्रियव्रत की भाभी कह रही थी—सरोज का ब्लाउज सर्दी के मौसम में भी बगल से भीग जाता है। अभी तो भीगा हुआ नहीं है? नहीं, भाभी अधिक नहीं, तनिक निष्ठुर भी है।...

रिक्शाचालक ने पहला प्रश्न किया, "मेमसाहब राँची से आई हैं क्या?" प्रियव्रत उसे डाँटना चाहता था, लेकिन इसके पहले ही सरोज बोल पड़ी, "नहीं भैया! मैं हँसुआ से आई हूँ। शिक्षक-संघ का दफ्तर देखा है?"

"कीचक संघ तो...।"

"मुझे मालूम है।" प्रियव्रत ने कहा, "चलो, मदनबाड़ी रोड।"

प्रियव्रत का घर शहर से तीन मील दूर है। तीन पहाड़ी के पास, इस गाँव में प्रियव्रत के पिता ने जब घर बनवाया था तो लोग हँसते थे—वकील साहब जंगल में बस रहे हैं। आज, इस गाँव में बसने के लिए शहर के लोग, जमीन की डाक बोलकर भी जमीन नहीं पा रहे हैं।

सरोज अपनी देह को भरसक संकुचित करती हुई बोली, "लल्लनजी! ठीक से बैठो, आराम से...।"

गाड़ी कुछ दूर आगे बढ़ी तो सरोज ने यहाँ की सड़कों पर अपना मन्तव्य प्रकट किया, "हजारीबाग की सड़कों से मुझे बड़ी चिढ़ होती है। दस कदम पर चढ़ाई और दस कदम पर उतराई। हजारीबाग की सब चीजें मुझे अच्छी लगती हैं, इन सड़कों को छोड़कर।"

प्रियव्रत ने बात को मोड़ने के लिए पूछा, "कहाँ-कहाँ जाना है आपको?"

सरोज ने कहा, "पहले शिक्षक-संघ के दफ्तर में, फिर शिवयोगी बाबू के यहाँ होते हुए स्कूल इन्स्पेक्टर साहब के डेरे पर।"

प्रियव्रत ने पूछा, "यह शिवयोगी बाबू कौन हैं?"

प्रियव्रत ने लक्ष्य किया, सरोजदी हर बार बोलने के पहले एक अस्फुट हँसी हँसती हैं।

"हँहँ! शिवयोगी बाबू हैं हमारे हँसुआ रेलवे स्टेशन के स्टेशन मास्टर के दामाद। हर बार स्टेशन मास्टर साहब मेरे हाथ से कुछ-न-कुछ भेजते हैं। इस बार नाती के लिए 'जन्तर' बनवाकर भेजा है।"

सामने चढ़ाई थी। यहाँ सभी रिक्शावाले रिक्शे से उतरकर गाड़ी खींचते हैं। लेकिन इस रिक्शावाले ने दोनों को उतर जाने के लिए कहा, "बिना उतरे ई-दु-दु मन, ढाई-ढाई मन का लहास?"

प्रियव्रत को अपना गुस्सा उतारने का मौका मिला। पैसा चुकाते हुए बोला, "तुम जा सकते हो। लेकिन फिर कभी कोरगाँव की ओर कोई सवारी लेकर मत आना। समझे?"

दोनों उतर पड़े। अभी तुरत दूसरा रिक्शा मिल जाएगा।

एक श्रावणी दोपहरी की धूप

मंजरे हुए आम और जामुन के युग्म-पेड़ के नीचे वे जा खड़े हुए। यहाँ के लोग कहते हैं—जुड़मा गाद्द! झड़ती हुई मंजरियों के कई छींटे, जामुन के कुछ फूल सरोज के सिर पर झरे। कवि प्रियव्रत को पिछले साल रेडियो से सुने हुए एक लोकगीत की याद आई—जिसकी पंक्तियाँ याद नहीं, अर्थ है—'ओ गोरी! तू आज रात फिर किसी कारण—मंजरे हुए आम के तले जाकर खड़ी हुई थी—निश्चय ही। तेरे बालों के लट जटा गए हैं। मंजरी का मधु चू-चूकर तेरे सिर पर गिरा है। ओ गोरी! तू आज रात फिर किसी महुए के तले जाकर खड़ी थी—तेरे बालों से महुए के दारू की बास आती है। मेरी आँखें झपक रही हैं—मतिया गई हैं—तेरा जूड़ा कैसे बाँधूँ?"

सरोज बोली, "हँह, लल्लनजी! मैंने तुमको बेकार कष्ट दिया।"

राँची रोड पर एक बग्घीगाड़ी दिखाई पड़ी। प्रियव्रत ने पूछा, "घोड़ागाड़ी पर चढ़िएगा।" सरोज के कंठ से सिर्फ 'हँह' निकला। प्रियव्रत ने बग्घीवाले को आवाज़ दी।

घोर श्यामवर्ण, मँझोली, दुहरी सरोज सुफेद साड़ी और सुफेद ब्लाउज में सभी का ध्यान आकर्षित करती है। घड़ी की पट्टी भी सुफेद, चप्पल के फीते भी। घोड़ागाड़ीवाले ने गौर से सरोज को ही देखा। प्रियव्रत को वह पहचानता है।

बग्घी पर आमने-सामने बैठने की जगह थी। किन्तु सरोज जिस तरह रिक्शे पर बैठी थी, उसी तरह प्रियव्रत से सटकर बैठी। इस तरह सटकर बैठने की कोई जरूरत नहीं थी। जगह काफी चौड़ी थी! सरोज बोली, "इस चढ़ाई-उतराई के समय मेरी जान निकल जाती है। लगता है, सब खाया-पिया निकल जाएगा। हँह!"

हर चढ़ाई-उतराई पर सरोज ने तमाशा किया। उतराई के समय प्रियव्रत की एक कलाई जोर से पकड़कर आँख मूँदे हँसती-खिलखिलाती रही। प्रियव्रत को लाज आई।

शिक्षक-संघ के दफ्तर में जिस अधिकारी से मिलना था, सरोज की उससे फाटक पर ही भेंट हो गई। काम भी हो गया—अगली मीटिंग के बारे में पूछना था। अधिकारी महोदय बार-बार प्रियव्रत की ओर देखते ही रहे। फिर बोले, "आप प्रियव्रतजी हैं न?" जी हाँ सुनकर भी अधिकारी महोदय का कौतूहल कम नहीं हुआ, शायद।

"चलो सरोजदी! शिक्षक-संघवाला काम तो शिक्षक-संघ के बाहर ही हो गया।" गाड़ी पर जान-बूझकर दूसरी ओर बैठते हुए प्रियव्रत बोला और सरोज पहले तो सामनेवाली गद्दी पर बैठी। फिर उठकर प्रियव्रत के पास जाकर, उससे सटकर बैठी। सरोज ने चलती हुई गाड़ी में प्रियव्रत से दबी हुई आवाज में कहा, "लल्लनजी, तुम साथ थे, इसलिए जल्दी छुट्टी मिल गई। नहीं तो, यह रामनिहोरा प्रसाद मुझे बेकार बैठाकर तरह-तरह की बातें करता। शादी-ब्याह की बात पूछनेवाला यह कौन होता है, भला? बोलो तो? और बातें करते समय बातें करो—यह रह-रहकर पीठ पर थप्पड़ मारने की और बाल पकड़कर खींचने की जैसी भद्दी आदत? अपने काकाजी भी तो बाबूजी के दोस्त थे। कभी ऐसा नहीं करते। बोलो तो लल्लनजी, क्या यह ठीक है?"

प्रियव्रत को हँसी आई। वह पूछना चाहता था, क्यों नहीं ठीक है सरोजदी? लेकिन वह कुछ बोला नहीं। हँसता रहा। सरोज कुछ क्षण बाहर की ओर देखती रही। फिर, दबी आवाज में ही बोली, "अच्छा लल्लनजी, तुम नौकरी करोगे तो तुम भी गाड़ी रखोगे न?"

"यदि गाड़ी रखने लायक नौकरी मिली...।"

"हँह, तुमको भला गाड़ी रखने लायक नौकरी नहीं मिलेगी?"

प्रियव्रत चौंका,...तो सरोजदी का मुखड़ा भी कभी-कभी सुन्दर दीखता है? सरोजदी जब भाव-शून्य दृष्टि से उसको देखती है, सुन्दर लगती है। उसने पूछा, "क्यों सरोजदी?"

सरोजदी इस बार मुस्कुराई नहीं। और भी दबी आवाज़ में बोली, "तुम सुन्दर हो। जिसमें रूप और गुण दोनों हों, उसी को ऊँची नौकरी मिलती है।"

प्रियव्रत का चेहरा लाल हो गया। उसने कहा, "यह किसने कहा है तुमसे?"

"रामभाई ने। रामभाई कहते थे, व्यक्तित्व के बिना विद्वत्ता कुछ नहीं। यदि व्यक्तित्व होता तो रामभाई भी...।"

हजारीबाग चौक पर हमेशा की तरह भीड़ थी। गाड़ीवान ने पूछा, "भैयाजी! मायाजी बोल रही थीं, चौक पर कुछ खरीदना है।" सरोज भूल गई थी कि उसे

कुछ खरीदना है। स्कूल की लड़कियों ने कापी-किताब-पेंसिल लाने के लिए पैसे दिए हैं। सरोज झोले से डायरी निकालकर पढ़ने लगी—यशोदा—तीन कापी रूल की हुई, दो बगैर रूल। जगमती—भारतवर्ष का भूगोल, साहित्यदर्पण, छोटी नीलू—एक दर्जन जलछवि!...

सरोज हमेशा जिस दुकान से सामान खरीदती है उसी दुकान में जाएगी। पास ही प्रियव्रत के मित्र, हिमांशु की दुकान थी। उसने कहा भी, "सरोजदी, इस दुकान में...।" लेकिन सरोज ने उधर नजर उठाकर देखा भी नहीं।

दुकानदार-छोकरा राखालचन्द्र उर्फ याबला ने सरोज को देखकर एक विचित्र मुखमुद्रा बनाई और अभद्रतापूर्वक आँख नचाकर पूछा, "कहिए, कहिए। बहोत दिन बाद...।" प्रियव्रत पर दृष्टि पड़ते ही याबलाराम अवाक् हो गया। तुरन्त भद्र हो गया उसका चेहरा। सरोज डायरी खोलकर धीमी आवाज में पढ़ती गई और प्रियव्रत जोर-जोर से दुहराता गया।

दुकान से बाहर निकलकर सरोज बोली, "इस बार तुम साथ थे, इसलिए उसने मुझे मीठी गोलियाँ नहीं दीं। नहीं तो जबर्दस्ती दर्जनों मीठी गोलियाँ झोले में डाल देता और जिद करके एक गोली दुकान में ही बैठकर चूसने को कहता। चाहे एक चीज लो या दस, एक घंटा अटकावेगा यह लड़का।...बेईमान नहीं, लेकिन!"

सामने, 'विवेकानन्द मिष्ठान भंडार' में बैठकर चाय पीते हुए लोगों ने आँखें फाड़-फाड़कर सरोज और प्रियव्रत की ओर देखना शुरू किया। सरोज बोली, "विवेकानन्द का कालोजाम नामी है। है न? हँहें!" सरोज के पैर लड़खड़ाए। प्रियव्रत ने पूछा, "कालाजाम खाओगी सरोजदी?"

"हँह! तुम नहीं खाओगे?"

विवेकानन्द मिष्ठान भंडार में कई मिनटों तक 'कालोजाम, कालोजाम' का गुंजन होता रहा! डी.वी.सी. के बंगाली कर्मचारियों के दल में कानाफूसी शुरू हुई, "कालाजामेर संगे चमचम?" एक ने ढाका की बोली में कहा, "एबार द्याशे (अर्थात् देशे) एड्डा काईनी ब्यार हुदद्दे—नामडा काकहोंसिनी!...कामहंसिनी! कालोजाम!!"

प्रियव्रत ने सब समझा। अच्छा हुआ, सरोजदी ने कुछ नहीं समझा। स्वाद

ले-लेकर कालाजाम का रस जब प्लेट में जीभ लगाकर चाटने लगी तो प्रियव्रत ने पूछा, "और मँगाऊँ कालाजाम?"

"हँह! पेट फट जाएगा जो।"

सरोज के इस जवाब से प्रियव्रत को फिर लाज आई।

किन्तु, इस बार गाड़ी में वह प्रियव्रत के सामने बैठी, "चलो बटम बाजार।"

प्रियव्रत ने देखा, सरोजदी डकार लेते समय और भी असुन्दर हो जाती है, उसके गीले होंठ और भी गिलगिले हो जाते हैं। डकार लेने के बाद सरोज ने बताया, "रामभाई को भी कालाजाम पसन्द है बहुत।"

गाड़ी बटम बाजार की ओर मुड़ी।...फिर उतराई? सरोज उठ खड़ी हुई और टलमलाकर प्रियव्रत पर गिर पड़ी। "तुम भी गाड़ी से बाहर गिर पड़ते छिटककर...हँह!!"

हठात् सरोज ने फिर मद्धिम आवाज में पूछा, "अच्छा लल्लनजी! मैं बहुत काली हूँ।" याने मुझसे भी ज्यादा काली होती हैं या नहीं...।

प्रियव्रत ने समझा, पूरे प्रश्न भी नहीं पूछ सकी सरोजदी। क्योंकि प्रियव्रत का चेहरा अचरज और लाज से अजीब-सा हो गया था। सरोज ने फिर पूछा, "मैं बहुत मोटी हूँ? हँह!"

प्रियव्रत को तुरन्त जवाब सूझा, "मोटी नहीं।...देहात में स्वास्थ्य जरा अच्छा रहता ही है।"

सरोज बोली, "रामभाई तो कहते हैं कि तुम्हारा तन काला है, पर मन काला नहीं—सादा है।"

प्रियव्रत ने इस बार सरोज के रामभाई पर विशेष ध्यान दिया...रामभाई ने कहा है, व्यक्तित्व के बिना...रामभाई को कालाजाम प्रिय है...रामभाई कहते हैं कि तुम्हारा तन...। प्रियव्रत ने रामभाई के बारे में कुछ नहीं पूछा, किन्तु।...

शिवयोगी बाबू के घर पहली बार नहीं आई है सरोज। लेकिन कभी तो इतनी खातिरदारी नहीं हुई?...हँह! सारे परिवार के लोगों ने मिलकर दोपहर के भोजन और विश्राम के लिए हार्दिक आग्रह किया तो सरोज प्रियव्रत का मुँह देखकर कुछ

देर तक सिर्फ हँह-हँह करती, हँसती रही। प्रियव्रत ने बग्घीवाले को विदा किया।

साढ़े तीन बजे चाय पिलाकर, शिवयोगी बाबू के परिवारवालों ने छुट्टी दी। स्कूल इन्स्पेक्टर से प्रियव्रत के बड़े भाई साहब की मित्रता है। इसलिए तय हुआ कि वहाँ का काम भाईजी करवा देंगे। सरोज मान गई।

प्रियव्रत ने पूछा, "और कोई काम बाकी तो नहीं रहा?"

सरोज उदास हो गई अचानक! बोली, "नहीं लल्लनजी।"

"तो अब घर चलें?"

"चलो।"

पुलिस-ट्रेनिंग-कॉलेज के पास एक सड़क, उत्तर की ओर केनाड़ी, पहाड़ी नेशनल पार्क जाने के लिए निकली है। सरोज ने साइन-बोर्ड पढ़कर दुहराया, "नेशनल पार्क जाने का रास्ता।...नेशनल! हँह!! नेशनल पार्क में क्या है लल्लनजी?"

प्रियव्रत के मुँह से नेशनल पार्क का वर्णन सुनकर सरोज उत्तेजित हो गई। फिर तुरत उदास होकर बोली, "नहीं, लल्लनजी! अब मैं ज्यादा परेशान नहीं करूँगी तुमको। तुम्हारा दिन का सोना खराब किया मैंने।"

प्रियव्रत ने रिक्शावाले से नेशनल पार्क चलने को कहा। सरोज बोली, "तुम्हारी इच्छा नहीं तो घर लौट चलो लल्लनजी!"

"मैं रोज जाता हूँ, इसी समय।...वहाँ मेरी अपनी जगह है, सरोजदी।" प्रियव्रत हँसकर बोला।

मोड़ पर सरोज ने फिर डकार लिया।

बहुत दूर तक उतराई है, कोना-कोठी के पास। रिक्शेवाले यहाँ पैडिल चलाना बन्द कर देते हैं। बहुत देर तक 'फ्री व्हील' की करकराहट होती रहती है—"क्रिरि-रि—रि-रि-रि-रि...।" सरोज की सारी देह में मानो गुदगुदी लगा रही है यह किरकिरी...रि-रि-रि-रि। हँह! हँह!!

केनाड़ी पहाड़ी करीब आती गई और सरोज अपने-आप हँसती रही। एक नील गाय भागी जा रही है। सरोज अचरज से मुँह बाकर देखने लगी। राल टपकी इस बार।...खरगोश फलांगता हुआ झाड़ियों में गया—हँह! पहाड़ी नदी की पतली धारा पर अस्तगामी सूर्य की रोशनी झिलमिलाई—हँह! पहाड़ी की चोटी के पास

बादल का एक टुकड़ा—हँह! फूलों से लदा हुआ बन-तगर का पेड़ हँह! हँह...।

रिक्शा से उतरकर सरोज बोली, "रामभाई भी कहते थे कि नेशनल पार्क एक चीज बनी है—देखने की।"

वन में मोर बोला। सरोज डरी, "हाँ लल्लनजी, सुना है नेशनल पार्क में बाघ-सिंह भी हैं? हँह!"

प्रियव्रत हँसा, "लेकिन, सरोजदी! एक अजब बात है कि नेशनल पार्क में आकर कोई भी जंगली जानवर हिंस्र नहीं रहता और आदमी जानवर बन जाते हैं यहाँ आकर—इनके बहुत प्रमाण मिले हैं?

"अच्छा!"

"अच्छा!"

पिकनिक करके लौटनेवाली मंडली का एक अशिष्ट लड़का चिल्लाया, "भाग रे! बाइसन, बाइसन...अरणा भैंस!"

मुखर्जी-परिवार की सुन्दरियाँ, कुमारियाँ 'जमायबाबू टाइप' के एक व्यक्ति के साथ आई है आज! गाड़ी पर कलकत्ते का नम्बर है। सुन्दरियाँ बात-बात पर खिलखिला रही हैं। जमायबाबू निश्चय ही कोई गुदगुदानेवाली कहानी सुना रहे हैं...अमलतास की छाया में। एक सुन्दरी ने न जाने क्या देखा कि चीख पड़ी, "उ-ई-ई-भूत!" बाकी लड़कियाँ खिलखिला पड़ीं। प्रियव्रत समझाता है, चीखनेवाली को वह जानता है—अंजू-अंजना, सरोजदी को देखकर ही अंजना चीख पड़ी है।

प्रियव्रत बोला, "पहाड़ की चोटी पर 'टावर' है—वहाँ से सारा नेशनल पार्क दिखाई पड़ता है। चलोगी ऊपर?"

"नहीं लल्लनजी, मुझे डर लगता है।"

"तो चलो, तुमको अपनी जगह दिखाऊँ।"

केनाड़ी पहाड़ी की तलहटी में बिखरा वनखंड केनाल और बड़ी-बड़ी चट्टानों के इर्द-गिर्द पुटुस फूल की झाड़ियाँ। केनाल के किनारे कदम्ब के पेड़ पर—ठीक एक घंटे बाद छोटे-छोटे पंछियों का घनघोर कलरव शुरू होगा—घंटों होता रहेगा!

इन्हीं चट्टानों के उस पार प्रियव्रत रोज बैठता है।

"यही है मेरी जगह। मैं इसी पत्थर पर बैठता हूँ, रोज।"

"हँह! बैठे-बैठे क्या करते हो?"

इस प्रश्न का कोई उत्तर देना आवश्यक नहीं समझा प्रियव्रत ने। "बैठो सरोजदी! मैं तुमको एक मजे का खेल दिखलाऊँ।"

प्रियव्रत पुटुस की एक फूली डाली तोड़ लाया। फूल और पत्तों को नोंचकर एक छड़ी बनाई उसने, "इधर देखो सरोजदी!"

सरोज ने देखा—सामने की धरती पर लजौनी लता पसरी हुई है कुछ दूर तक। लगता है, एक गलीचा...हँह...लज्यावती, लाजवन्ती, लजौनी, छुईमुई, "अरे-रे लल्लनजी! यह क्या कर रहे हो? हँह!"

प्रियव्रत रोज इसी तरह इन सजीव लताओं को छेड़ता है आकर। पुटुस की डाल की छड़ी से पहले एक क्रास बनाता है। छड़ी छुआता जाता है, पत्तियाँ मुँदती जाती हैं। अन्त में, अन्धाधुन्ध छड़ी चलाकर सबको सुला देता है।

सरोज प्रियव्रत के इस खिलवाड़ को अचरज से देखती रही। जब प्रियव्रत ने सभी पत्तियों को सुला दिया तो सरोज ने एक लम्बी साँस ली। बोली, "लल्लनजी, तुम ठीक कहते हो। यहाँ आकर आदमी जानवर हो जाता है, कभी-कभी। हँह!"

प्रियव्रत हँसा। वह अपनी जगह पर जा बैठा। उत्तर आकाश का बादल क्रमशः काला होकर झुकता जा रहा है। हवा गुम है! भाभी ठीक ही कहती थीं। सरोज का ब्लाउज भीग गया है—बाँह के नीचे अर्द्धवृत्ताकार।

सरोज प्रियव्रत के पास आकर बैठ गई, "एक बात बताऊँ लल्लनजी?"

बिजली चमकी। सरोज के गोल होंठों पर भी बिजली चमकी, मानो। प्रियव्रत अवाक् होकर देखता रहा। सरोज को इस तरह लाज से गड़ते कभी नहीं देखा प्रियव्रत ने।

सरोज कुछ बोल रही थी, लेकिन राल टपक पड़ी तो चुप हो गई। फिर पुटुस के नन्हें फूलों को नाखून से खोंटकर दाँत से चबाने लगी।

क्षण-भर दोनों मौन रहे।

"किस सोच में पड़ गईं, सरोजदी?" प्रियव्रत ने सरोज की देह छूकर मानो जगाया, "सरोजदी, अब चलो लौटें। पानी बरसेगा।"

सरोज हँसी, "पानी बरसे-हँह-हम रुई नहीं हैं! लल्लनजी यह क्या कर रहे हो? लल्लन...पगला...बचपन की आदत...हँह...ठीक इसी तरह गोदी में सिर रखकर...इसी तरह मेरी छाती से सिर रगड़ते थे तुम...मैंने रामभाई से भी कहा है...हँह...हँह...तुम अभी भी पाँच साल के शिशु हो...लल्लनजी...तुम जानवर हो...जानवर...हँह...हँह...कवि...एम.ए...सुन्दर-सुपुरुष तुम...इतने प्यारे...इतने प्यारे तुम...तुमको हँह...मैं जानवर नहीं बनने दूँगी...मैं ही जानवर हो गई हूँ... लल्लनजी मुझे माफ करो...इस कुरूपा बहन पर दया करो...! मुझे लजौनी लता की तरह मत रौंदो...!!"

प्रियव्रत ने ध्यानमग्ना नारीमूर्ति को फिर छूकर जगाया, "सरोजदी, तुम किस सोच में पड़ गईं यहाँ आकर?...चलो, घर चलें।"

सरोज मानो नींद से जगी, "हँह!...नहीं लल्लनजी, यहाँ आकर आदमी कभी-कभी देवता भी हो जाता है! देवता भी...!"

प्रियव्रत को लगा, सरोजदी अचानक सर्वांग-सुन्दरी हो गई हैं। वह फिर अपनी जगह पर आ बैठा।

हवा का झोंका आया। मेघ बरसने लगा। दोनों दो चट्टानों पर बैठे, भीगते रहे। प्रियव्रत फिर उठा। सरोज के पास गया। हाथ पकड़कर उठाया, "चलो!"

दोनों भीगते हुए जंगल पार कर सड़क पर आए। सरोज बोली, "अब मेरा हाथ छोड़ दो, लल्लनजी!...अब मैं कभी हजारीबाग नहीं आऊँगी!...रामभाई मुझे नहीं आने देंगे, अब।"

सरोज सड़क पर लड़खड़ाई। प्रियव्रत ने फिर हाथ पकड़ लिया। सरोज कुछ नहीं बोली। फिर दो बार हँह-हँह करके चुप हो गई।

[धर्मयुग, 11 नवम्बर, 1961]

हाथ का जस और बाक का सत्त

इस बार तीन साल के बाद गाँव लौटा।

स्टेशन के पास, बद्री भगत के पिछवाड़े में खड़े बूढ़े गूलर के पेड़ की दुर्गति देखकर समझ गया--पिछले कई महीने से इलाके में कोई भीषण शिशु-रोग फैला हुआ है और जग्गू पंसारी जीवित है।...गूलर के तने पर खाल नहीं, समझो (गाँव का) अच्छा हाल नहीं। गूलर का दूध और बाकल (वल्कल) उस अनाम शिशु-रोग की एकमात्र रामबाण दवा है—आज भी?...जग्गू पंसारी आज भी चुनौती-भरे सुर में कहता हो—सिविल सरजंट हो चाहे टैनबनरजी डॉक्टर, इस रोग का नाम ही नहीं जानता कोई। दवा क्या करेगा?...

गाड़ीवान से पूछा—"क्यों कुसुमलाल! जग्गू पंसारी जिन्दा है?"

कुसुमलाल ने सुर खींचकर एक शब्द में जवाब दिया है—हैं-ए-ए-ए! जिसका अर्थ हुआ—हाँ, किसी तरह जी रहा है। होंठों में दबे खैनी-तम्बाकू को थूककर उसने अपने वक्तव्य को स्पष्ट किया—जिन्दा तो है लेकिन, समझिए कि मुर्दा होकर जी रहा है।

"बीमार है? क्या हुआ है?"

कुसुमलाल ने बैलों को एक भद्दी गाली दी। फिर बोला, "होगा क्या?"

कुसुमलाल ने मुस्कुराने की चेष्टा की—"पिछले साल मति भरम गई, समझिए। इस बुढ़ापे में एक 'जवान तड़तड़' पहाड़िन को घर में बैठा लिया। तब से, दवा-दारू और हाट-बाजार सब बन्द। दिन-भर आँगन में बैठकर पहाड़िन से लील्ला...भला कहिए, बूढ़ा आदमी गावेगा कि मेरा मन डोले कि मेरा तन डोले।"

तीन साल बाद गाँव लौट रहा हूँ। कुसुमलाल गाड़ीवान इन तीन वर्षों में मूक

से वाचाल हो गया है—यह तो स्टेशन पर ही समझ गया था। अब समझा कि कुसुमलाल वाचाल ही नहीं, रसदार गप्पी भी हो गया है। मुझे अचरज हुआ तो कुसुमलाल के उत्साह में वृद्धि हुई, जग्गू प्रसंग फिर शुरू हुआ—"बेटे से लड़ाई-झगड़ा, मार-फसाद, पर-पंचायत, बाँट-बखरा...रोज बखेड़ा! आजिज होकर बेटा रसिकलाल भिन्न हो गया। अब तो, दवा-दारू, हाट-बाजार, सबकुछ रसिकलाल ही करता है। सो हाथ में जस है रसिकलाल के। बाप से बीस निकलेगा—उन्नीस नहीं।...इस बार खूब कमाया है। रुपया पीटकर ढेर कर दिया। पक्का मकान बनवा रहा है।"

...हाथ से निकल चुके कुसुमलाल के बेटे को रसिकलाल ने ही यमदूतों के हाथ से छुड़ाया है, कार्तिक महीने में। वह रसिकलाल को धन्वन्तरी का अवतार मानता है। माने। मेरी भी जान जग्गू पंसारी की बसारी की बचाई हुई है। और मैं भी मानता हूँ कि जग्गू की कई जड़ी-बूटियों में कई संजीवनी-बूटी भी हैं। संजीवनी-बूटी न भी हो, उसी जाति की (ग्रुप की) कोई बूटी उसके पास जरूर है। लेकिन, कुसुमलाल तुला हुआ है। बेटे को 'बीस' और बाप को 'अट्ठारह' साबित करने के लिए, जग्गू पंसारी की निन्दावली शुरू की—सुनते हैं कि जवान बनने की सबसे कीमती जड़ी—जितनी उसकी झोली में थी...माने, दस बूढ़ों के खुराक—सब एक ही साथ खा गया। जाड़े की रात में भी तीन बार नहाना शुरू किया जग्गू बूढ़े ने!...जी नहीं, पहले ऐसा नहीं था। लड़के का गौना हुआ, नई दुलहिन घर में आई। इसके बाद से ही उसको न जाने क्या हो गया। दूसरे ही महीने में न जाने कहाँ से एक जवान-तड़तड़...।

कुसुमलाल जग्गू की पहाड़िन-स्त्री के बारे में जब बोलता है, 'जवान-तड़तड़' विशेषण लगाना नहीं भूलता। "रसिकलाल की नई दुलहन भी जवान है। सिंगार-पटार भी करती है। करना ही चाहिए, लेकिन..."

—लेकिन क्या?

...लेकिन इस बूढ़े ने तो कमाल कर दिया। रसिकलाल की बहुरिया एक दिन जालीदार कुर्ता पहनकर नाच देखने गई बायस्कोप का। दूसरे ही दिन जग्गू बूढ़े ने अपनी जवान पहाड़िन को 'इसपिरिंगवाला मेमकाट कुर्ता' पहनाकर घर से निकाला कि देखनेवालों की आँखें...।

कुसुमलाल जिस बात को 'हाइलाइट' करना चाहता है, उसे अधूरी छोड़ देता है। मुझे पूछना ही पड़ा—क्यों, क्या हुआ? देखनेवालों की आँखें फूटी-ऊटी तो नहीं?

कुसुमलाल ने मुझे कनखियों से पूछा। उसने चुप होने के पहले एक पंक्ति की मोटी निन्दा की—अब न उसके हाथ में जस है और न बाक में सत्त। सब पहाड़िन ने खींच लिया।

हाथ का जस, बाक का सत्त!

जग्गू के 'जस' और 'सत्त' की सैकड़ों कहानियाँ प्रचलित हैं। तीस-चालीस वर्षों से जग्गू के 'जस' और सत्त' के बारे में कहानियाँ सुनी जाती हैं। सम्भव है, अधिकांश कहानियाँ खुद जग्गू की गढ़ी हुई हों। छोटी-से-छोटी और बड़ी-से-बड़ी अचरज-भरी कहानियाँ...गोदान के बाद जग्गू आया और रोगी की नाड़ी पर हाथ रखकर बोला—"कौन कहता है कि दम टूट गया? बस, एक पुड़िया दवा दिया कि बूढ़ा उठकर बैठ गया।...कसबा-शहर की मशहूर जमींदारिन को बुढ़ापे में सभी दाँत फिर से उग आए। भुने हुए चने की शौकीन बूढ़ी जमींदारिन, अस्सी साल की उम्र में पत्थर के दाँत में मिस्सी लगाती है।"

चालीस साल पहले की बात!

जब दूर देहातों में—सौ रोग की कोई एक पेटेंट दवा के सिवा कोई अंग्रेजी दवा नहीं पहुँचती थी। इलाके में पीलिया-रोग जोर-शोर से फैला था। औकादवालों ने शहर से बड़े डॉक्टरों को बुलाकर देखा—इस रोग की कोई दवा डॉक्टरों के पास नहीं।...कोई अंग्रेजी दवा बनी ही नहीं है।

...सारे इलाके में एक पीली प्रेतनी नाच रही थी। रोज दो-तीन आदमी टूटते। बच्चे आध दर्जन से डेढ़ दर्जन तक। खेलता-कूदता, भोला-भाला बालक हठात् बुखार से चीख उठता। फिर सारी दुनिया पीली...हल्दी की ढेरी...रक्तहीन देह... हल्दी में रँगी हुई लाशें!! दिन-रात गाँव के आस-पास चील-काग, कुत्ते-सियार लड़ते रहते।

ऐसे ही दुर्दिन में गाँव की गलियों में एक अजीब आवाज में किसी ने हाँक लगाई—ति-वा-आ-आ-री-ई-ई...बैद-बैद-बैद-अ-अ-द-वा-आ-आ-ई-ई-ले जा, लेजा!!

लोगों ने झाँककर देखा—पीली पगड़ी बाँधकर आगे-आगे तिवारी अर्थात् वैद्य और कन्धे पर बहंगी ढोता हुआ उसका चाकर। हाँक, चाकर ही लगाता था। औरतों से रोगों के बारे में पूछताछ और दर-दस्तूर भी वही करता!

उसी दिन सारे मौजा में कानों-कान फैल गई बात—पीलिया कहो या पियरी चाहे हल्दिया पिशाच—चुटकी बजाकर इस रोग को उड़ा देनेवाला बैद आ गया है।

नवटोली गाँव में तिवारी बैद ने अपना डेरा डाला।

उसका चाकर जग्गू दिन-भर जड़ी-बूटी कूटता और रह-रहकर रोगियों की भीड़ पर अभयवाणी की वर्षा करता, 'पीलिया कहो या पियरी या हल्दिया पिशाच...अंग्रेज लोग क्या बनावेंगे इसकी दवा। पीलिया का नाम सुनते ही उनके चेहरे पीले पड़ जाते हैं...बैदजी को हिमालय पर्वत से लौटते हुए साधू ने जड़ी बता दी थी। इसलिए, इस रोग की दवा का पैसा नहीं लेते। सिर्फ प्रनामी लेते हैं, धर्मशाला के लिए। गुरु का वचन! यथाशक्ति तथा भक्ति!!'

शक्ति के अनुसार भक्ति दिखलाई सिमराहा के साहूकार ने। एकलौते बेटे को पीलिया के पंजे से छुड़ाने के लिए मोहन साहूकार ने 'प्रनामी' में पाँच सौ रुपए की थैली थमा दी। नवटोली गाँव का नाम ही बदल गया। गाँव का नाम मशहूर हुआ हल्दिया। अर्थात् जहाँ हल्दिया यानी पियरी-जैसे भीषण रोग को चुटकी बजाकर उड़ा देनेवाला बैद आया है। हल्दिया बैद! हल्दिया गाँव!

...कि पन्द्रहवें दिन तिवारी बैद को सूरज की रोशनी पीली दिखलाई पड़ी, दोपहर की धूप भी पीली! तिवारी बैद ने समझ लिया—पीली प्रेतनी ही है। बीसवें दिन अपने चतुर चाकर जग्गू की सेवा और दवा के बावजूद पियराकर गिर पड़े बैदजी।...लाल टेसू देह बैद की अमलतास के फूलों के ढेर-जैसी...

आसपास के बीसों गाँव में सन्नाटा छा गया—'अब? अब क्या होगा भगवान?'

"घबराने की बात नहीं है।" बैद के चाकर ने कहा, "आठ साल की उम्र से ही बैद की बहंगी बेकार नहीं ढोयी है। पीलिया कहो या पियरी चाहे जोन्डिस...।"

हजारों भयभीत प्राण फिर मुस्कुराए—"सच...हाँ, बैद का चाकर बैद से बीस ही है, उन्नीस नहीं। चुटकी बजाने की भी जरूरत नहीं। उँगली उठाकर रोगी की ओर इशारा करता है, रोग छू-मन्तर...।"

अपने सद्यः स्वर्गीय गुरु के प्रति भक्ति-भरी वाणी बोलने के बाद बैद का

चाकर जग्गू अपनी आवाज को तनिक मद्धिम करके कहता, "भाई! नीयत ही सबकुछ है। गुरु का हुकुम था कि धरमशाले के खाते में एक सौ रुपया पूरते ही फौरन कुटिया के पते पर मनिआडार कर देना—सीधे हरदुआर। निन्नानबे रुपए तक अपने पास रख सकते हो।...सो गफलत कहिए या नीयत चाहे भावी प्रालब्ध...पीलिया कहिए या भगवान की मार!"

बैद का चाकर जग्गू! चाकर नहीं, अब सोलह आना बैद!!

गुरु से भी तेज, जग्गू बैद! साल-भर में, सारे इलाके से पीलिया को जड़-मूल से उखाड़कर फेंका जग्गू ने। उसने प्रतिज्ञा की थी—'या तो मैं ही यहाँ जड़ जमाऊँगा या यह पापिन पीलिया ही।' जरूर मनिऑर्डर ठीक समय पर—निन्नानबे के बाद सौ होते ही—भेजता होगा, कुटिया के पते पर—हरदुआर!

पीलिया समाप्त होते ही जग्गू ने ऐलान किया—"सिर्फ पीलिया ही नहीं, सभी असाध्य रोगों की दवा चला सकता हूँ।" लोगों ने देखा, जग्गू सचमुच अपने गुरु से भी ज्यादा सच्चा है। जो कहता है, कर दिखाता है।...बुखार में खट्टा दही और भात, पथ्य खिलाता है। इमली की चटनी भी!

दवा और जड़ी-बूटी के अलावा जग्गू की छोटी-मोटी कहानियों का प्रभाव रोगियों पर अधिक पड़ता था शायद। दवा कूटते-छाँटते, रोगी की नाड़ी देखते समय भी उसकी कहानी बन्द नहीं होती। रोग-जाँच करते वक्त वह अपनी कहानी की मोटी-मोटी बातें ही सुनाता। जाँच के बाद कोई चमत्कारपूर्ण कथा।

यथा: तम्बाकू के मशहूर व्यापारी को डेढ़ लाख रुपए का घाटा लगा। उसने सोचा कि इस जान को अब देह के पिंजड़े में बन्द करके रखना बेकार है। दोनों पैर में 'महिषा-दादा'। महिषा-दादा कहो या इकजिमा, बात एक ही है। इसी इकजिमा के कारण डेढ़ लाख का घाटा। और इकजिमा को अंग्रेज लोग असाध्य मानते हैं। किसी ने मेरा नाम बता दिया।...जाकर देखिए, परसों से कीर्तन करवाने का जोगाड़ लगा रहा है। मिठाई बँटेगी। सिर्फ चार दिनों में साला इकजिमा, भूसी की तरह देह से झड़ गया। जाकर देख सकते हैं।...

ऐसी कहानियों के प्रसंग में जग्गू, पटने के प्रसिद्ध डॉक्टर टी. एन. बनर्जी साहब का नाम दो-तीन बार अवश्य लेता—एक बार की बात है...।

पुरानी खाँसी से परीशान बूढ़ी की कुकुर-खाँसी, इस कहानी की प्रथम पंक्ति

को सुनकर ही रुक जाती। जग्गू, अपने सफरी हुक्के पर चिलम रखकर कुछ देर तक गुड़गुड़ाता रहता। फिर एक बार की बात है। परसा राज के मनिजर के दामाद का पेशाब अटक गया।...बैदजी से चार महीने की छुट्टी लेकर मैं भी परसा गया था। परसा में मेरा ससुराल है।...मनिजर साहब के दामाद के पेशाब अटकने की बात तुरत गजट में छापी हो गई। मनिजर की नौकरानी, रिश्ते में मेरी साली लगती थी। मैंने मनिजर की नौकरानी से कहा कि गजट-छापी से भला पेशाब होगा? जाओ कुल्थी का पानी पिलाओ। नौकरानी बोली मनिजरानी से, मनिजरानी बोली जाकर डॉक्टर से तो 'सिविल सरजंट' बोला कि नहीं, जब तक पटने से टैनबनर्जी साहेब डॉक्टर नहीं आते हैं, दवा क्या एक बूँद पानी भी नहीं चलेगा किसी का।...लो भाई, आने दो टैनबनर्जी साहेब को। हम भी दर्शन कर लेंगे।...डॉक्टर हैं टैनबनर्जी! सौ डॉक्टर पर एक डॉक्टर, समझिए कि हौल इंडिया से भी बाहर जिनका 'जस' फैला हुआ है! ऐसे डॉक्टर का दर्शन भी दुर्लभ है।...सो, हवाई जहाज गिनगिनाता हुआ उतरा परसा पोलो-मैदान में! हवाई जहाज से उतरे टैनबनर्जी साहेब।...हरदम हँसते रहते हैं टैनबनर्जी डॉक्टर। क्या डॉक्टर है बाबा। मोटर से हवेली में आए। रोगी की नाड़ी पर हाथ रख दिया। पेट को टटोलकर देखा और चिल्लाए—कुलुथ! जल्दी से कुलुथ का पानी पिलाओ। तुरत...।

सो, मनिजरानी तो पहले से ही पानी में कुल्थी डालकर बैठी थी। हाँ, मनिजरानी इसके पहले मुझसे, पच्चीस साल पुराना सिरदर्द झड़वा चुकी थी। तुरत चम्मच से कुल्थी का पानी पिलाया।...

जग्गू की ऐसी कहानियाँ प्राय: 'डबल-क्लाइमेक्स' वाली होतीं।

...सो, पहला चम्मच ही पिया कि टोटा जो फूटा—तो फिर बिछावन, चादर, गजट-कागज-अखबार और कपड़ा-लत्ता—सब ज-ला-म-य?? लगा, कटिहार-टीशन की पानी की कलटेरी खुल गई हि-हि-हि-हि!!

खाँसी से जरजर पोपली बूढ़ी के होंठों पर सलज्ज मुस्कुराहट खिल पड़ती। हँसी की फुलझड़ी छूटती जवान लड़कियों के कंठ से। बच्चे हँसते-हँसते बेहाल!!

बूढ़ी की खाँसी से परीशान, परिवार के लोग उस रात को गहरी नींद से सोते।

रोग को छुड़ाने के लिए, रोगियों के दुख-दर्द को दूर करने के लिए जग्गू

अपने अनेक गुणों का प्रयोग करता आवश्यकतानुसार। टोटका, तंत्र-मंत्र, झाड़-फूँक, मुष्ठियोग। किन्तु, प्रत्येक गुण के प्रयोग के पूर्व तत्सम्बन्धी कम-से-कम आधा दर्जन कहानियाँ वह जरूर सुना डालता!

कहानियाँ, रोग-परीक्षा, निदान, टोटके और मुष्ठियोग की दो श्रेणियाँ थीं। एक भद्र और दूसरी अभद्र।...अभद्र रोगों में भद्र टोटके से क्या हो? कहानियाँ वह रुचि को परखकर ही सुनाया करता। यों, प्रत्येक कहानी में 'ग्राम्य-रस' कुछ ज्यादा ही ढालता था, वह।

कमर-दर्द से पीड़ित रोगी रविवार की पहली भोर में उठकर किसी ताड़ के पेड़ को अंकवार में भरकर आलिंगन-आदर करे। दर्द तुरत फुर्र-र-र!...शर्त है, कोई देखे नहीं, कोई टोके नहीं।

गलफुल्ली (मस्स!) से ग्रसित व्यक्ति साँहुड़ के पेड़ के पास बैठकर 'दियाधरी' से पहले, पुक्का फाड़कर रोए। बैलून-जैसे गाल तुरत 'चुपस' कर बटुआ-जैसा हो जाएगा।

कुछ टोटके कान में ही फुसफुसाकर बताए जा सकते हैं।...अभद्र रोग का कोई अभद्र टोटका!

पन्द्रह साल पहले, स्टेशन पर मलेरिया सेंटर खुला।

सरकारी डॉक्टर-कम्पाउंडरों के अलावा और भी कई डॉक्टर ख्हेमो और एलो, आकर गाँव में बसे। फिर, प्रतिभावान 'अच्छर कट्टु' लड़के भी थे कई, जो मिडिल पास-फेल करने के बाद ही घर बैठे डॉक्टरी कर—लाठी के हाथ डॉक्टरी चला रहे थे।...क्वैक!

जग्गू 'क्वैक' का अर्थ किसी जानकार से पूछकर जान चुका था।

इसलिए, जब सरकारी डॉक्टर और कम्पाउंडरों ने आपस में बातें करते समय जग्गू को 'क्वैक' कहा तो उसने तुरत विरोध किया था—नहीं हुजूर। गुरु की दया से जो कुछ मेरे पास है, वह गुरुमुख से ही मिला है—कुवैक नहीं कहिए—डॉक्टर बाबू!

इतने डॉक्टर और कम्पाउंडरों के आगमन से जग्गू की 'प्रेक्टिस' में कोई

अन्तर नहीं आया। लोगों ने देखा, डॉक्टरों की घरवालियाँ भी अपने बच्चों की अथवा अपनी दवा जग्गू से ही करवाती हैं।

हाट के दिन, हाट के चौरस्ते पर चट्टी लगाकर, कपड़े की सैकड़ों छोटी-बड़ी रँगी-बदरँगी झोलियों को वह सजाता—प्रतीक्षा करते हुए लोग उसकी चट्टी के चारों ओर जमा हो जाते। देखते-देखते भीड़ बढ़ जाती।...किन्तु, हाट के भीड़-भड़ाके में भी नाड़ी देखने में जग्गू पंसारी कभी नहीं गड़बड़ाया।

हाट में तुरत जाँच, तुरत नुस्खा!

हाट में उसकी कहानी-कला तो नहीं, शब्द-प्रयोग की एक अभिनव चातुरी काम करती, उसकी।...

कोई हाथ दिखला रहा है। दूसरा पथ्य के बारे में पूछ रहा है। तीसरा घूँघट के अन्दर से ही नकिया-नकियाकर धारा-प्रवाह कुछ सुनाती जा रही है। जग्गू सबकी सुन रहा है—गुन रहा है। कभी नहीं गड़बड़ाया है। सभी को सही दवा और वाजिब सलाह देता जा रहा है—पेट? गन्दा? एँ? ठीक है न? भूख? भूख मन्दा? है न? मुँह कड़वा और पेशाब कड़क? है न?...? काढ़ा-कुटकी चिरैता भोर में। समझे? और, जीरा कालानून बुकनी दही-घोल में...चार आने की कुटकी-चिरैता। बढ़ाइए हाथ!...

...बहिनजी! हाँ—दिन-रात माथा भारी? है न? हर महीने बीमारी! एँ? है न? आँख के आगे उड़े जुगनू—कान के पास हमेशा घुनघुन? है न?...अशोक के बाकल का काढ़ा, बकरी का दूध गाढ़ा...यह तुतिया किसका है भाई—लीजिए नीला थोथा...अदरख के साथ काला मोथा! पुराना शहद, काली गाय का गोंत!!

गाँव पहुँचकर देखा, कुसुमलाल ही नहीं; जग्गू पंसारी की निन्दा करते समय हर आदमी रस-भरी बातें बोलने लगता है। हाथ के 'जस' और बाक के 'सत्त' को लोगों ने मानो अपनी आँखों से देखा हो—एक जोड़ी चिड़िया की तरह फुर्र से उड़ गई।...अब क्या है जग्गू के पास?

सबसे अचरज की बात! रसिकलाल ही सारे इलाके में रस-भरी कहानियाँ अपने बाप की—सुनाता-फिरता है—रोज नई कहानी!

रसिकलाल को देखकर मैं दंग रह गया। वह अपने को डॉक्टर रसिकलाल कहना-सुनना पसन्द करता है। पेटेंट दवाओं की एजेन्सी उसने ली है। साइनबोर्ड

पर लिखा हुआ है—'हजारों रोग की एक दवा 'रामबिन्दु'—डॉक्टर रसिकलाल, मोकाम हल्दिया के पास भी मिलता है।'

कहानियाँ रसिकलाल भी सुनाता है। किन्तु, उसकी कहानी एकदम आधुनिक होती है। अंग्रेजी शब्दों से वह अपनी कहानी को बीच-बीच में बघारता रहता है—स्टेशन मास्टर साहब की बड़ी लड़की रात में सपने में खराब 'ड्रीम' देखकर डर जाती। 'ड्रीम' देखती—स्टेशन का 'सिंगल' कभी 'डौन' और कभी 'अप' हो जाता है। सूखकर काँटा हो गई थी। स्टेशन मास्टर ने नहीं, बताया स्टेशन मास्टर की घरवाली ने। सो, एक ऐसा टोटका बता दिया कि फिर काहे को सपने में खराब-खराब ड्रीम देखेगी और काहे को साला सिंगल फिर अप और डौन होगा!

कहानी सुननेवालों को जब और भी कुछ सुनना होता तो कोई 'लेकिन युक्त बात' से उसको उकसा देते—लेकिन, जग्गू तो कहता है कि रसिक ढोढ़ा-साँप का मन्तर भी नहीं जानता। झूठ-मूठ लोगों को ठगता-फिरता है।

रसिकलाल तब बार-बार सिगरेट सुलगाता और बाँटता है। धुआँ फेंकता हुआ अपने बाप को एक भद्दी गाली देता है। फिर एक अश्लील कहानी अपने बाप की शुरू कर देता है—कल रात की बात क्या बतावें? ओसारे पर उलंग होकर...।

सभी कीर्ति-कथाओं को सुनने के बाद ऐसा लगा कि जग्गू अब पूरा पशु हो गया है। गाँववालों की बातों से यह भी मालूम हुआ कि कोई ऐसी व्यवस्था हो रही है—गुप्त रूप से—कि जग्गू को अपनी झोली-झंडी लेकर इस गाँव से भागना पड़ेगा अब।...घिना दिया इस बूढ़े ने?

चालीस साल पहले आकर जड़ जमानेवाला जग्गू कहाँ जाएगा? अपना गाँव? जब इकलौता बेटा ही अपना नहीं हुआ तो गाँववाले तो उसे पहचानेंगे भी नहीं। चालीस साल पहले जिस गाँव को छोड़कर आया—वहाँ अब क्या धरा होगा?

मैं जग्गू से मिलना चाहता था। बच्चों के लिए एक बोतल 'हींग पाचक' बनवाकर शहर ले जाना है।

जग्गू की झोंपड़ी के पास ही उसके लड़के की हवेली बन रही है। रसिकलाल ने नमस्कार करके स्वागत किया, "आइए!"

किन्तु, मैंने जान-बूझकर उससे पूछा, "तुम्हारे बाबूजी कहाँ हैं? मुझे जग्गू बैद से काम है।"

रसिकलाल अप्रतिभ हुआ। उसने झोंपड़ी की ओर उँगली उठाकर कहा, "जाइए, अंग्रेजी बायस्कोप का खेला हो रहा होगा। देखिए...।"

रसिकलाल अपनी बात पर आप ही हँसा।

जग्गू की झोंपड़ी मेरी जानी-पहचानी थी। दरवाजे पर ऐसा सन्नाटा कभी नहीं देखा। जहाँ हमेशा मेला लगा रहता था वहाँ—??

जग्गू ने मेरी खाँसी सुनकर मुझे पहचाना।

दरवाजे पर पहुँचकर मैंने पुकारा, "लाल बाबू हैं क्या?" और अन्दर से जवाब मिला, "आइए, आइए। अन्दर ही आ जाइए।"

जग्गू की पहाड़िन पर पहली नजर पड़ी—अन्दर आँगन में पैर रखते ही। जग्गू दहलीज में खाट पर बैठा हुआ था। पहाड़िन को देखकर ही समझ गया—कुसुमलाल 'तड़तड़ जवान' क्यों कहता है।

जग्गू ने कहानी शुरू की :

देखा, पुराना कथाकार मरा नहीं है। किस तरह उसके पुत्र ने नादानी की, कैसे जग्गू ने माफ किया! फिर, गौना के बाद किस तरह बुरा व्यवहार करने लगे दोनों। यहाँ तक कि इस बुढ़ौती में कलंक भी लगा दिया। मेरे गुरु ने कहा था—'बेटा हो या स्त्री, जब तक 'गुण' रखने के काबिल नहीं हो जाए, उनके हाथों में कुछ नहीं देना।' सच कहा था गुरु ने!...सो, अभी दिया ही कहाँ था कुछ मैंने। कहिए भला, शीशी की दवा चलता है। ऊपर हैं भगवान! सब देखते हैं। जो थोड़ा-बहुत हाथ में है वह भी नहीं रहेगा।

मैंने टोक दिया—लेकिन, दवा-दारू और हाट-बाजार बन्द करके इस तरह दिन-रात आँगन में बैठे रहने से तो 'गुण' आपके हाथ में भी नहीं रहेगा। लोग तरह-तरह की बात कह रहे हैं।...

जग्गू के चेहरे पर एक चमक फैल गई! उसके नथुने फड़के!

पहाड़िन खरल में कोई दवा कूट रही थी—ओसारे पर! वह शुरू से ही भाव-शून्य दृष्टि से मेरी ओर देख लेती थी। इस बार उसने जग्गू की ओर देखा। जग्गू चुप था। पहाड़िन का दवा कूटना रुक गया। वह उठी और जग्गू के पास आकर पहाड़िन में ही बोली, "इस भले आदमी को क्या लेना है? नहीं लेना-देना है कुछ...घर जाने को कहिए। यहाँ क्या है? मेला है?"

पहाड़िन अब जग्गू की गंजी खोपड़ी में तेल लगाने लगी।

जग्गू बोला, "गाँववालों की बात पर आपने भी परतीत कर ली?...आप बहुत दिनों के बाद गाँव आए हैं! तो सुनिए!"

"मेरे हाथ का गुण मेरे मरने के बाद भी मेरे हाथ में रहेगा। और उसके बाद भी मेरे खानदान में—मेरी ही औलाद के हाथ में गुण रहेगा। मेरे बेटे का नाम हौल इंडिया से बाहर...।"

मैंने कहा, "लेकिन रसिकलाल तो...।"

इस बार जग्गू तड़प उठा, "उसका नाम मत लीजिए बाबू साहेब! वह मेरा बेटा नहीं। सचमुच मेरा बेटा नहीं।"

"तब आपने जो कहा कि...।"

"क्या कहा?"

जग्गू आवेश में आ गया, "रसिकलाल पहले अपनी कागवन्ध्या स्त्री का तो इलाज करे! बाबू साहेब, मैं धरती पर तीन लकीर खींचकर कहता हूँ कि नाक रगड़कर धरती पर मर जाएगा...वह, उसकी बीवी के कोख से चूहा भी नहीं निकलेगा।"

"देखिए, वह आखिर लड़का ही है, आपका?"

"फिर वही बात? वह मेरा बेटा नहीं। मेरा बेटा तो...?"

जग्गू ने तेल लगाती हुई पहाड़िन का आँचल उठाकर, हाथ से पेट छूकर दिखलाते हुए कहा, "मेरा बेटा यहाँ है। यहाँ?"

मैं गूँगा हो गया, अचानक? पहाड़िन पूर्ववत् जग्गू के सिर में तेल लगाती रही। उसके चेहरे पर किसी तरह का परिवर्तन नहीं! न लजाई, न गुस्साई!

"लोग कहते हैं कि जग्गू के हाथ में अब 'जस' नहीं! देखेंगे, लोग देखेंगे... मेरी इस कांछी को फारबिसगंज मिल के बदमाश मजदूरों ने लगातार चार साल तक अपने कब्जे में रखा। तरह-तरह की अंग्रेजी दवा खिलाकर इसकी बच्चादानी को बेकार बना दिया था।...मेरे पास जब आई तो, पहले मैंने सोचा कि रखेलिन की तरह रहेगी! लेकिन, बाबू साहेब—यह औरत, औरत नहीं—साक्षात सती है। सो, जब रसिकलाल ने अपनी नीयत बिगाड़ी—मैंने सोचा, अब नहीं...!

मैंने लक्ष्य किया जग्गू का स्वास्थ्य पहले से अच्छा है।

"बाबू साहेब, पाँच महीने तक सिर्फ इसका कोख 'सुद्ध' किया मैंने। आप तो जानते ही हैं कि मैं सब रोगों की दवा चलाता था लेकिन कोख और कोखदानी की गड़बड़ीवाले केस को साफ जवाब दे देता था। क्योंकि गुरु का कहना था कि बच्चा देना विधाता के हाथ में है। जो बैद विधाता के इस काम में टाँग अड़ाता है—विधाता उससे एक दिन पूछते हैं? सो, जब परेम हो गया तो फिर क्या जात, क्या पात।...बाबू साहेब, सालों ने इसकी दूह-दूहकर देह ढीला कर दिया था। सो कोख सुद्ध करने के बाद इसकी ढढर-ढीली देह का इलाज किया।...बोलिए तो कांछी की क्या उमर होगी! देह का गढ़न ऐसी देख रहे हैं न, सब दवा खाने के बाद हुआ है...।"

जग्गू रुका। मैं घबराया। पेट दिखलाने के बाद अब कहीं...?

मैं बोला, "हींग पाचक तैयार है!"

"बाबू साहेब, पाचक-वाचक नहीं। आजकल मैं वह सब मामूली दवा बनाने में बेकार समय बर्बाद नहीं करता।...सो, जब कांछी का कोख सुद्ध हुआ—एकदम पियोर हो गया तब मैंने गुरु का नाम लेकर कांछी को घर में बैठा लिया। सिर्फ हाथ के 'जस' और बाक के 'सत्त' को अपने खानदान में रखने के लिए!... आप तो जानते ही हैं कि बिजू आम से बढ़कर होता कलम आम! मगर, कलम लगाना बहुत कठिन काम है।..."

मैं उठना चाहता था क्योंकि, जग्गू की पहाड़िन उसकी खल्वाट खोपड़ी पर तेल-मालिश करने के बाद—कमर की ओर हाथ बढ़ा रही थी।...झोलंगी-खटिया रह-रहकर चरमरा उठती थी और पहाड़िन हर बार 'अइयो' कहकर जग्गू से कहती, "पुग्यो?"

"सो, बाबू साहेब! जब मैंने सबकुछ सुद्ध करके कांछी को घर में बैठा लिया, तब...तब उस हरामजादे ने क्या किया, जानते हैं?...मैं फारबिसगंज गया था और साले ने फिर 'असुद्ध' कर दिया।...जी हाँ, रसिकलाल ने! मैं घर आया तो कांछी बोली—फिर असुद्ध...!"

अब मैं उठ खड़ा हुआ।...मैं सिर से पैर तक अशुद्ध होता जा रहा था।

"बाबू साहेब, सुनते जाइए।...कांछी के पेट में जो बच्चा है, वह आपके गाँव का, समाज का, हौल इंडिया का नाम रखेगा।...इसलिए, कांछी ने जिस

दिन सुबह-सुबह उठकर कै किया—उसी दिन से मैं दिन-रात घर में रहता हूँ! कहीं नहीं जाता। कैसे जाऊँ? छै महीने तक 'बबुआ' पर किसी की छाया नहीं पड़ने दूँगा। अभी तो दो महीने का ही है। क्यों कांछी, आज सिमुलाकन्द खाई है, तो? तुमको कुछ खयाल नहीं कि बेचारा बबुआ...?"

जग्गू ने फिर कांछी के पेट पर पड़ा हुआ आँचल उठाया, "देखते हैं, बाबू साहेब, इसको कहते हैं हाथ का जस! रसिकललवा की बीवी कहाँ पाएगी?"

मैं आँगन से बाहर निकल आया।

[हाथ का जस, 1962]

पुरानी याद

किसी बात या घटना की याद क्यों और कैसे आती है, इसका शास्त्रीय विवेचन मनोविज्ञान के विशेषज्ञों का विषय है। हम साधारणजन तो इतना ही कह सकते हैं कि पुरानी याद उस सोने की तरह है, जिसमें मिली हुई खाद समय की आँच में तप-गलकर स्वयं ही अलग-विलग हो जाती है।

पिछले साल दूर देहात में, अपने एक निकट सम्बन्धी के घर पर दो-चार दिनों के लिए ठहरना पड़ा। साथ में जो एकमात्र मासिक-पत्रिका थी, उसकी सभी पठनीय और अपाठ्य सामग्रियों को एक ही दिन में दो बार पढ़ चुका था। विज्ञापनों से दूसरे दिन की दोपहरी किसी तरह कटी। किन्तु, तीसरे दिन को काटने के लिए मेरे पास कुछ नहीं था और सुबह से शाम तक मैं खुद कटता रहा। मेरी बेचैनी का कारण जानकर मेरे सम्बन्धी ने दुख प्रकट करते हुए कहा—'घर में तो पोथी-पत्तर के नाम पर बस एक रामायणजी हैं। रामायण पढ़िएगा?'

अन्दर हवेली से सीकी की एक पुरानी पिटारी लेकर आए। पिटारी से रामायणजी के साथ और भी कई किताबें निकलीं। एक—उस जमाने की एक मशहूर पेशेंट दवा की कम्पनी का सचित्र पंचाङ्ग (सूची-पत्र सहित) था। दूसरी थी...सन् उन्नीस सौ अट्ठाइस में मिडिल में पढ़ाई जानेवाली किताब-साहित्य पाठ। दृष्टि पड़ते ही मेरा कलेजा धड़क उठा। पृष्ठ उलटकर देखा...अस्य पुस्तकाधिकारी...??

अपने हाथ की पुरानी लिखावट को पहचानने में देर नहीं लगी। किताब ही मेरी थी, जो न जाने कब और कैसे यहाँ आकर सुरक्षित पड़ी हुई थी। रामायणजी के बालकांड तथा उत्तरकांड के अधिकांश पृष्ठ दीमकयुक्त हो चुके थे। किन्तु,

मेरी किताब की प्रत्येक पंक्ति में मेरा बालकांड छपा हुआ था—मानो। सचित्र साहित्य-पाठ के कई पाठों के आसपास हाशिये पर अंग्रेजी में 'इम्प.' अर्थात् इम्पोर्टेंट, 'वी. इम्प.' अर्थात् वेरी इम्पोर्टेंट, और कहीं-कहीं वेरी-वेरी इम्पोर्टेंट आदि लाल-सतर्क वाणियाँ इतने दिनों के बाद भी मुझे सतर्क कर रही थीं...

यत्र-तत्र, लाल पेंसिल से पंक्तियाँ रेखांकित थीं और किसी तस्वीर की मूँछ 'रिटच' करके सँवारी गई थी। किसी सन्त कवि को चश्मा पहना दिया गया था। ...जयद्रथ-वध...'उस काल पश्चिम ओर रवि की रह गई बस लालिमा, होने लगी कुछ-कुछ प्रकट-सी यामिनी की कालिमा'...डोमन खतबे ने परीक्षा में इन पंक्तियों का अर्थ 'सन्दर्भ सहित' लिखा था—रवि की लाल-माँ भी रह गई और जामिनी की काली-माँ तब सामने आ गई...बचपन की हँसी फिर लौट आई मेरे ओठों पर।...

एक पृष्ठ पर डाल्हिया फूल की कई बदरंग पंखुड़ियाँ चिपकी पड़ी मिलीं। तितली के पंखों-जैसी। और उन्हीं पंखों के सहारे मैं तीस-बत्तीस साल पहले की दुनिया में जा पहुँचा।...

स्कूल के हेडमास्टर साहब के कमरे के सामने, बाग में एक नया फूल खिला है...अंग्रेजी फूल, डाल्हिया! हम सभी महीनों से इस फूल के खिलने की प्रतीक्षा कर रहे थे। जिस दिन वह खिला, हेडमास्टर साहब की बाछें खिल गईं। इतने प्रफुल्लित हुए कि एक घंटा पहले ही छुट्टी की घंटी बजवा दी।... हेडमास्टर साहब ने वी. पी. से उस फूल का कन्द (बल्ब) मँगवाकर अपने हाथों रोपा-सींचा था। छुट्टी की घंटी बजी। ड्रिल पेरियड और ड्रिल-मास्टर साहब से त्राण पाकर हम प्रसन्न हुए—जै हो डाल्हिया फूल की!!

किन्तु हम स्कूल के अहाते से निकलकर एक फलांग भी नहीं जा पाए थे कि पीछे से स्कूल के चपरासी की पुकार सुनाई पड़ी। उधर स्कूल की घंटी फिर जोर-जोर से बजने लगी। टन-टनांग, टन-टनांग!!...एक, दो, तीन, दस, ग्यारह!!...

हेडमास्टर साहब स्वयं घंटी बजा रहे थे!

घंटी बन्द हुई तो स्काउट-मास्टर की सीटी बजने लगी—खतरे की सीटी! डेंजर? डेंजर...? विभिन्न दिशाओं की पगडंडियों पर जाते हुए विद्यार्थी मुड़े, लौटे और दौड़े—क्या हुआ? क्या हो गया? किधर आग लगी? कौन डूबा?

स्कूल के अहाते में लौटकर देखा—हेडमास्टर साहब अगियाबैताल होकर चिल्ला रहे हैं—किसने तोड़ा! फूल किसने तोड़ा?

एक-एक की तलाशी ली गई, हाजिरी-बहियाँ खोलकर हर दर्जे के विद्यार्थी की उपस्थिति-अनुपस्थिति मिलाई गई। पर वह फूल तो पौराणिक कथाओं का फूल हो गया।

अन्त में हेडमास्टर साहब झमाकर बैठ गए, मानो उस फूल में ही उनकी जान बसी हुई थी। हम सभी झमा गए। हाय!

दूसरे दिन हेडमास्टर साहब के दफ्तर में जिन कई गिने-चुने छात्रों की बुलाहट हुई, उनमें एक मैं भी था। इतना ही नहीं, दफ्तर में पहुँचकर सुना—हेडमास्टर साहब का विश्वास एकदम पक्का है कि मेरे सिवा और किसी ने यह काम नहीं किया है। सन्देश के कारण? क्योंकि, मैंने उनसे पूछा था—'सर! क्या इस फूल में जरा भी सुगन्ध नहीं होती? तब, इस फूल की क्या कीमत?'...और, इसलिए भी कि खिले हुए फूल को, हेडमास्टर साहब के कथनानुसार—मैं बड़ी भूखी निगाह से देख रहा था!

मेरी कोई सफाई नहीं सुनी गई और कसूर कबूल करवाने के लिए तमाचे से लेकर छड़ी तक की सहायता ली गई। मेरा चेहरा लाल हो गया। लेकिन फूल...?

चोट, लाज और ग्लानि के मारे मैं बीमार हो गया। तेज बुखार में मेरी आँखों के आगे सैकड़ों डाल्हिया के फूल खिले, मुरझाए और फिर धू-धू कर जले। रात-भर मैं डाल्हिया के बाग में भरमता रहा—राह खोकर।

दूसरे दिन शाम को जी जरा हल्का था। पास के गाँव से मेरा एक सहपाठी मुझसे मिलने आया। उसने मेरी हालत पर हार्दिक दु:ख प्रकट किया और मुझे 'विद्या-कसम' खिलाने के बाद फुसफुसाकर बतलाया—'देखो फूल मैंने तोड़ा है। ...हेडमास्टर साहब के चपरासी ने बताया था एक दिन कि इसका पहला फूल जिसके पास हो, वह किसी 'इम्तहान' में फेल कर नहीं सकता। खासकर अंग्रेजी में तो कभी नहीं। क्योंकि फूल अंग्रेजी है। और, तुम जानते ही हो कि मैं सभी सब्जेक्ट में कैसा भुसकोल हूँ!'

इतना कहने के बाद उसने अपने अँगोछे में लिपटे फूल को निकाला...बासी, मुरझाई और झड़ी पपड़ियाँ, पंखुड़ियाँ!!

फिर उसने इस फूल की कुछ पंखुड़ियाँ मुझे देकर इसके व्यवहार की विधि भी बतलाई—'जिस विषय में ज्यादा नम्बर पाने की इच्छा हो, उस विषय की किताब में इन पंखुड़ियों को दबाकर रख दो। फिर, काम सोना!'

चोट, दर्द और बुखार के बाद असल आसामी को बा-माल देखकर मैं तनिक उत्तेजित हुआ, किन्तु! किन्तु...!

किन्तु, पढ़ने में बोदा होने के बावजूद उससे मेरी दोस्ती थी। वह फुटबॉल का अच्छा खिलाड़ी था। हमारे बालचर दल का मुस्तंड साथी।

इसके अलावा बार-बार माफी माँगते समय वह अपना मुँह सामने कर देता था। कनपटी टेढ़ी करके कहता—'तुमको जितनी मार लगी है, उससे ज्यादा मुझे मार लो।'

मैंने फूल की पंखुड़ियों को साहित्य-पाठ के पृष्ठों में दबाकर रख दिया और फिर कभी उस किताब को स्कूल नहीं ले गया।

सबसे अचरज की बात जो याद आ रही है वह यह कि परीक्षाफल निकलने के बाद मेरा वह फूलचोर-मित्र सभी विषयों में फेल होकर भी मुझसे सोत्साह कहने आया—'देखी न तुमने इस फूल की महिमा? जिस किताब में दबाकर रखा उसमें तो सबसे ज्यादा नम्बर तुम्हीं को आया न?'

खुद अपने बारे में उसने स्वीकार किया, चूँकि फूल हेडमास्टर साहब का था और सबसे बड़े गुरु का दिल दुखाकर पास करना खेल नहीं।...

मेरे उस मित्र ने आठ वर्ष पूर्व 'बिहार एलेवन' में 'सेलेक्ट' होकर—कलकत्ते के मैदान में चार दिनों तक कमाल दिखलाया था। अखबारों में उसकी तस्वीर छपी थी...।

साहित्य-पाठ की उन पंखुड़ियों को बटोर कर मनी-बैग में रख लिया।... हमने जिसे प्यार किया था, उसको एक दिन राज्य-भर के क्रीड़ा-प्रेमियों ने प्यार किया—उसके नाम को और भी संक्षिप्त करके एक मीठा-सा नाम दिया।...

अट्ठाइस-उन्तीस साल के बाद, अपनी पढ़ी हुई, कोर्स की किताब को फिर से देख पाना ही अपने में एक बड़ी बात है। तिस पर, उसके पन्नों के बीच पुरानी याद की कुछ पंखुड़ियाँ दबी-चिपकी पड़ी हों...?

[ज्ञानोदय, मार्च 1962]

एक लोकगीत के विद्यापति!

(भूमिका!...

महाकवि विद्यापति पर 'खोज' करते समय मैंने अनुभव किया, एक अध्याय का शीर्षक रखना पड़ेगा—'खेतिहर-मजदूरों और गाड़ीवानों के कवि विद्यापति!' क्योंकि, पूर्णिया-सहरसा के इलाके में आज भी विद्यापति की पदावली गा-गा कर—भाव दिखलाकर नाचनेवालों की मंडली पाई जाती है। इन मंडलियों के नायक—भैंसवार, चरवाहे और गाड़ी हाँकनेवाले ही होते हैं, प्रायः। मैथिल पंडितों से पूछा, यह कैसे हुआ? बोले, आप किस फेर में पड़े हैं? इन्हीं मूर्खों के कारण आज विद्यापति की दुर्दशा हो रही है। ऐरे-गैरे-नत्थू-खैरे जिसके जी में जब आया—विद्यापति के नाम पर 'चार पदावली' जोड़ दी।...आप गुमराह हो गए हैं!...

मिथिला के पंडितों की वर्जना-वाणियों को अनसुनी करके मैंने सहर्ष सहरसा (या सहर्षा?)—यात्री की तैयारी शुरू कर दी।

...कनचीरा गाँव एक ऐसा गाँव है, जिस पर दो-दो जिला के जिला अधिकारियों का शासन चलता है। आधा गाँव सहरसा में, आधा गाँव पूर्णिया में।

...कनचीरा की विद्यापति-मंडली का नाम—दोनों जिला की जनता लेती है।

...जिस दिन कनचीरा गाँव पहुँचा, गाँव में एक अघट घटना

घट गई थी। दस साल से इलाके का प्रतिनिधित्व करनेवाले नेताजी चुनाव में चारों खाने चित्त हो गए थे। इसलिए, उस रात को नाचने-गाने का दूसरा ही मतलब निकाला जा सकता है, इस डर से 'विद्यापति-मंडली' के 'नायक' जनकदास ने नाच करने की अनुमति नहीं दी।

दूसरी रात को उन्होंने, बहुत खुशामद करवाने के बाद अनुमति दी। नायक जनकदास ने बहुत तर्क किया और घुमा-फिराकर, बार-बार यह कहा कि, 'विद्यापति नाच' का जन्म उसी के परिवार में ही, पहली बार हुआ था! विस्तारपूर्वक उन्होंने, कभी कुछ नहीं कहा। और, उनको जब यह विश्वास हो गया कि 'विद्यापति-नाच-मंडली' के नाम पर, खर्च करने के लिए हजार-दो हजार सरकार के खजाने से लेकर मैं नहीं निकला हूँ—तब, उन्होंने मृदंग पर थाप दी!

रात-भर नाच देखता रहा। गाय चरानेवाला लड़का। साड़ी पहनकर बिरहिनी-राधा बन गई और रो-रोकर गाने लगी—'कतेक दिवस हरि खेपब हो, तुम एसकरि नारी!'

दूसरे दिन, जनकदास से इस नाच की उत्पत्ति का इतिहास पूछा तो, वह बोला—पता नहीं कब से हमारे खानदान में इस नाच की 'मूलगैनी' चली आ रही है। जनकदास की इस उदासी का कारण था—मेरा टेपरेकार्डर!...चुपचाप सब गीत फीता में आप भर लिए, चालाकी से। फोकट में अपना काम बना लिया आपने?

और, अन्ततः पचास रुपये नकद देने के बावजूद उसने मेरे इस प्रश्न का कोई जवाब नहीं दिया कि खेतिहर-मजदूर, चरवाहे और गाड़ीवानों ने कैसे और कब विद्यापति की पदावली को गा-गा कर नाचना शुरू किया। जनकदास की पलानी में पुआल पर लेटा रहा दिन-भर—उसको दया नहीं आई। उसकी बेवा जवान बेटी ने मेरी ओर से वकालत की—तब भी वह नहीं पसीजा—अपने खानदान की 'हँसाई' की बात भला कौन 'गजट' में 'छापी' करवाना चाहेगा?

बूढ़ा जनकदास बैलों को खोलकर चराने चला गया।
मैं उसकी पलानी में पड़ा रहा और उसके बाद ही एक कहानी
सुनी या सपना देखा अथवा—'भरम' में पड़ गया—नहीं कह सकता!)

बैशाख शुक्ल चतुर्दशी का चाँद, एक घड़ी साँझ को जबर्दस्ती पनघट पर रोक रहा है, गाँव की लड़कियों को। कोसी की दुबली-पतली धारा में जलकेलि कर रही हैं, वे। इसी समय गाँव के दक्षिण छोर से एक पुकार सुनाई पड़ी—कोइली बेटी—ई-ई-ई-ई!!

कोइली को होश हुआ—बप्पा बुला रहे हैं। जरूर कोई बात है। बप्पा कभी इस तरह व्यग्र होकर नहीं पुकारते अपनी मातृहीना बच्ची को!

वह, कमर पर गगरी रखकर चली। सखियों ने कहा, "जा-जा। तेरा सम्बन्ध लेकर कहीं का नाई आया होगा।"

कोइली ऐंठकर बोली, "कतऽ चतुरान मरि-मरि जावत...!"

"बेटी! अतिथि आए हैं, एक। उच्च वर्ण के अतिथि!"

कोइली तुनककर बोली, "उच्च वर्ण के हैं तो हम नीच-जन के घर क्यों आए हैं? उन्हें ब्राह्मण टोली का रास्ता दिखला दीजिए।"

"नहीं बेटी, गाँव में किसी ने रात-भर के लिए भी जगह नहीं दी। हर दरवाजे से भगा दिया, गृहपतियों ने। बेचारा ज्वर से बेकल है।"

बाँस की 'फरकी' पर गीली साड़ी पसारती हुई कोइली बोली, "बप्पा!तुम दिन-दिन बच्चा होते जा रहे हो। जरा सोचो—जिस आदमी पर गाँव के लोगों ने 'परतीत' नहीं किया उसको तुमने अपनी मड़ैया में जगह दे दी।...दिन काल कैसा बीत रहा है सो नहीं देखते। अब तो भला का बदला बुरा भोगना पड़ता है।..."

बाहर, मड़ैया में लेटा हुआ अतिथि ज्वर में बड़बड़ाने लगा—समुचित औषदे ने रहय बेयाधि! हे हरि, हे हरि...!!

कोइली चौंकी। अतिथि का प्रलाप सुनकर उसकी देह सिहर उठी, "इतनी मधुर वाणी!"

कोइली ने झाँककर देखा, एक दिव्य पुरुष मड़ैया में लेटा हुआ है, "कुंचित-

केश, गौर वर्ण।...पैर में छाले पड़ गए हैं?...किन्तु, किन्तु...बप्पा! इस अतिथि को तो तुम जल भी नहीं पिला सकते! हम अछूत हैं और यह निश्चय ही ब्राह्मण-सन्तान है...क्या करोगे?"

बाप ने कहा, "मेरा मृदंग ले आओ!...धृनागि धिन्ना! धड़िंग-धड़िंगा—गणपति गंगा!!"

पाँच दिनों तक कोइली की मड़ैया में उसका अतिथि ज्वर से बेसुध पड़ा रहा। जिस दिन स्वस्थ हुआ—चारों ओर देखकर तनिक कुंठित हुआ—फिर अपनी राह लग गया।

विद्यापति कवि राजा शिवसिंह से रूठकर न जाने कहाँ चले गए हैं। चारों ओर ढिंढोरा पीट दिया गया है—राजा शिवसिंह और रानी लखिमा ठकुरानी 'खटपासी' लेकर पड़ी हैं। जब तक विद्यापति लौटकर नहीं आते—वे अन्न-जल स्पर्श भी नहीं करेंगे!!

चारों ओर दूत दौड़े!...खोजो, खोजो। कहाँ है कवि विद्यापति?

राजा 'लवेजान' है। रानी अन्तिम साँस ले रही है—विद्यापति कहाँ? कहाँ हो कवि?

पूरब से खबर आई—विद्यापति इधर कहीं नहीं!

पश्चिम से लोग खोजकर आए—उधर नहीं।

दक्षिण, समुद्रतट तक दूत ढूँढ़ आया—निराश होकर।

उत्तर राज नेपाल से संवाद मिला—विद्यापति यहाँ हैं।

तुरत, राज्य-मंत्री विदा हुए।

नेपाल-नरेश ने एक दिन और बिलमाने की चेष्टा की। मंत्री बोले—राजा-रानी के प्राण ओष्ठगत हैं। हा-विद्यापति-हा-विद्यापति रटकर जान दे देंगे—वे!

रूठे हुए विद्यापति ने स्वयं आतुरता प्रकट की और कवि को लेकर राजा शिवसिंह के मंत्री लौटे—सदल बल।

एक गाँव के पास आकर कवि ने कहा, "यहाँ पालकी रोको!"

"क्या है महाराज?"

"यहाँ...यहाँ...इस गाँव में मेरा कुछ खो गया है।"

"क्या खो गया है?"

"हाँ, इसी गाँव में। क्या खो गया है सो नहीं कह सकता। लेकिन कुछ अवश्य खोया है, मेरा इस गाँव में! पता लगाओ।"

सिपाहियों ने मंत्रीजी से कहा। मंत्री ने कवि से पूछा, "महाराज! क्या खोया है यह जाने बिना आखिर किस चीज का पता लगावें।"

कवि बोले, "मैं जब आ रहा था...इसी गाँव में आकर साँझ हुई थी। गाँव में किसी ने मुझे टिकने नहीं दिया। सभी ने दुरदुरा दिया। तब गाँव से बाहर एक सुन्दर मुड़ैया...रक्तचम्पा के दो पेड़ हैं, लिपे-पुते दो-तीन मिट्टी के घर हैं। घर का मालिक एक बूढ़ा है। उसकी जवान, विधवा बेटी...।"

इतनी लम्बी हुलिया के बाद भला मुजरिम छिपा रहे?

तुरत, मड़ैया को घेर लिया सिपाहियों ने। बूढ़ा, बैल खोलकर चराने के लिए जा रहा था। सिपाहियों ने उसे गिरफ्तार किया, "बीमार आदमी को खूब लूटा तुम लोगों ने।"

"लूटा? किसको? हरि-हरि!"

"चौप साले! तुम्हारी बेटी कहाँ है?"

कोइली उस समय कोसी के घाट पर सखियों के साथ गा रही थी—'कमलनयन मनमोहन रे कहि गेल अनेके...।"

बाप ने कातर स्वर में पुकारा, "बेटी! राजा के सिपाही-ई-ई!!"

गाँव के बाहर ही कोइली को सारी बात मालूम हो चुकी थी। सखियों ने ताना मारा, "जा-जा तेरा कमलनयन मनमोहन आया है फिर! घुँघराले बालोंवाला, गीत जोड़नेवाला!!"

कोइली नहीं, नागिन फुफकारती हुई आई, "मैंने कहा था न, बप्पा! उस दिन तुमने नहीं सुना। अब भोगो भलाई का बदला!..."

हवलदार चिल्लाया, "जल्दी निकालो, चोरी का माल!"

मंत्री बोले, "समय बर्बाद मत करो!"

कोइली बोली, "लेकिन, निकालूँ क्या? कहाँ है आपके राजकवि? कहिए महाराज?"

कोइली को देखते ही महाकवि मूक हो गए!

कोइली हँसी, "क्या खोया है आपका?"

"पता नहीं। लेकिन कुछ खोया है मेरा अवश्य!"

कोइली बोली, "मैं बताती हूँ। महाराज जब हमारी मड़ैया में अचेत पड़े थे तब बेहोशी में पदावली बार-बार दुहराते थे।"

कवि बोले, "हाँ, हाँ, मेरी पदावली...ठीक, ठीक।"

मंत्री चिल्लाए, "समय नहीं है। जल्दी निकालो।"

हवलदार ने कहा, "कहाँ है पदावली? चोर...!"

कोइली के नथुने फड़के, "चोर? नहीं, हमने चोरी नहीं की। ज्वर से बेकल कवि के कंठ से जो पदावली निकली उन्हें हमने चुराया नहीं—रख अवश्य लिया—सुरक्षित।"

"कहाँ है पदावली?"

कोइली बोली, "बप्पा! निकालो मृदंग।"

कोइली अपने पैरों में घुँघरू बाँधती हुई बोली, "जानते हैं दिनमणि ठाकुर—हमने इनकी पदावली चोरी नहीं की।...हमने इन्हें अपने हाथ का जल तक नहीं पिलाया—एक घूँट, इन्हें स्पर्श नहीं किया।...रागिनी को बप्पा बुलाते थे, रोज। रागिनी ही

इनकी सेवा करती थी और, पदावली? वह तो बप्पा के मृदंग और मेरे घुँघरू में सुरक्षित है!"

मंत्री बोले, "देर हो रही है। शीघ्र निकालो।"

कोइली बोली, "ठीक है, पालकी उठाइए। हम राह चलते-चलते महाकवि की थाती लौटा देंगे।"

"राह चलते?"

"हाँ। बप्पा, दो मृदंग पर हाथ!"

रुकी हुई पालकी उठी।

पालकी के अलग-बगल में कोइली और कोइली का बूढ़ा बाप!...बूढ़ा

मृदंग बजाता—पदावली की पंक्तियाँ मुखरित होतीं और कोइली के घुँघरू उन पदों को सुर देते।

महाकवि अपनी भूली हुई पदावली की पंक्तियाँ दुहराने लगे।

दस कोस तक कोइली, राह के किनारे दौड़-दौड़कर नाचती रही। उसका बूढ़ा बाप मृदंग बजाता रहा।

पालकी के अगल-बगल दौड़ती-नाचती कोइली एक जगह 'झमा' कर गिर पड़ी। मृदंग का ताल टूट गया। डोली रुकी। सभी रुके।...कोइली के पैर, लहूलुहान हैं!

कोइली ने पानी माँगा!

किन्तु बूढ़ा बाप मृदंग बजा ही रहा था। उसकी उँगलियाँ अब भी नाच रही थीं—मृदंग की सूखी चमड़ी पर।

महाकवि को हठात् ज्ञान हुआ। पालकी से कूदकर उतरे और नदी की ओर दौड़े।...

महाकवि के हाथ से चुल्लू-भर पानी पीकर कोइली ने आँखें खोलीं, "महाराज! अब हमारे पास आपका कुछ नहीं।"

कोइली ने आँखें मूँद लीं।

कवि ने पुकारकर कहा, "देवी! मुझे क्षमा करती जाओ। ये पदावली मेरी नहीं, तुम्हारी है। तुम्हारी ही...!!"

जनकदास ने स्वीकार किया—पहले इस नाच में 'राधा' बनती थी—मूलगैने की बड़ी बेटी ही। राधा बनती थी, पदावली गाती थी और पैर में घुंघरू बाँधकर नाचती थी।

> [और, विद्यापति-नाच की पदावली स्वयं विद्यापति ने उसके परिवार को दी थी—इस बात की भी उसने पुष्टि की। किन्तु उसने बार-बार अनुनय किया, यह बात किसी 'गजट' में छापी हो तो उसको पैसा जरूर मिले—इसका मैं खयाल रखूँ।]

[ज्योत्स्ना, मई, 1962]

एक श्रावणी दोपहरी की धूप

शादी के बाद फिर 'मेस' में कौन रहता है। किन्तु, पंकज ने मेस के साथ अपने 'मेस-मित्रों' को भी पीछे छोड़ दिया।...दुनिया-भर के लफंगों का अड्डा!

इतना ही नहीं, पिछले साल तक उसने बहुत बार निश्चय किया था—यदि छोटे साहब की भद्दी दिल्लगी बन्द नहीं हुई तो वह 'मेरी एंड मेरी' कम्पनी की नौकरी भी छोड़ देगा। एक मिनट भी देर से पहुँचने पर अभद्र छोटे साहब को मौका मिल जाता—क्यों दास! 'मार्निंग-शो' में जाना हुआ था?

इसके बाद सहकर्मियों की दबी हुई विषैली हँसी!

एक रेलवे-रसीद की गड़बड़ी पर छोटे साहब ने कहा था—गलती माने? यदि तुम्हारे सिनेमा के टिकट के नम्बरों में ऐसी ही गलती हो जाए, तब!...माल कहीं और 'आर-पार' कहीं?

सिनेमा? असल में सिनेमा-हॉल से ही पूर्वराग-पर्व शुरू हुआ था—पंकज-झरना के प्रेम का। झरना अपनी माँ और बहनों के साथ आई थी। पंकज ने, प्रथम-परिचय के दिन दस पैकेट टनटन-भाजा के खरीदे थे। छोटे साहब को उसके सहकर्मियों ने टनटन-भाजा की भी बात बता दी थी। इसलिए, छोटे साहब कॉलिंग-बेल को 'टनटन-बाजा' कहने लगे।

पंकज ने ठीक ही समझा था, शादी के बाद सभी उससे ईर्ष्या करने लगे थे। और, छोटे साहब की मोटी-बीवी को पंकज ने देखा था। वैसी बेडौल औरत का स्वामी और कैसी बातें करेगा, भला? कई बार पंकज के जी में हुआ था, फाइल पटककर साफ-साफ कह दे—मुझे आप सिनेमा का 'गेट कीपर' कहते हैं? जनाब, आप 'गोल कीपर' हैं।

किन्तु, बेकारी का जिसे कड़वा अनुभव हो, वह लगी हुई नौकरी को क्षणिक आवेश में आकर नहीं ठुकरा सकता। उसने सोच-विचारकर देखा था—आदमी को सहिष्णु होना चाहिए।...क्यों न वह अपना उपनाम 'सहिष्णु' रख ले। नाम का कुछ प्रभाव, स्वभाव पर निश्चय ही पड़ता होगा।

झरना ने भी यही कहा था, "पंकज नाम का प्रभाव तुम्हारे तन-मन पर ऐसा पड़ा कि...!"

वक्तव्य अधूरा छोड़कर झरना ने पंकज के कन्धे पर अपना सिर रख दिया था, "क्या सभी 'लव-मैरेज' करनेवालों के नाम ऐसे ही सुन्दर होते हैं?"

"छोड़ो भी, नाम में क्या रखा हुआ है।"

अपने दफ्तर में अकेला पंकज ही है, जिसने इस प्रेमहीन-संसार में आकर 'लव-मैरेज' किया है। उसकी स्त्री झरना अपूर्व सुन्दरी है। सितार बजाती थी, गीत गाती थी। शादी के बाद फिर कौन लड़की सितार बजाती है और गीत गाती है!

शादी के पहले, मेस में कई दिनों तक 'प्रेम-परिणय' पर बेकार की बहस चली थी। अवधेश की बात रह-रहकर आज भी याद आती है, पंकज को—लव-मैरेज करनेवालों को यदि मौका मिले, तो सारा जीवन 'लव' और 'मैरेज' करने में ही गुजार दें।

तो, अवधेश के कहने का अर्थ हुआ, यदि झरना को शादी के बाद भी मौका मिले तो वह किसी को 'लव' करना शुरू कर देगी? असम्भव!

मेस के सभी मित्र उससे जलते थे। एक साथ बैठकर किसी तालाब में 'बंसी' से मछली फँसानेवालों के बीच, किसी साथी को बड़ी मछली मिल जाए तो ऐसा ही होता है।

विवाह के पहले पंकज को भी सन्देह था कि इस आर्यावर्त में अब सती-साध्वी नारी जन्म ही नहीं लेती। सो, भ्रम दूर हुआ—शादी के बाद। सीता और सावित्री के साथ-साथ झरना का नाम स्वयं ही निकल पड़ता, पंकज के मुँह से।

इसी बात पर जगन से उसकी लड़ाई हो गई थी और पंकज को मेस छोड़ने का एक बहाना मिल गया था। जगन नीच है। नीच आदमी और कैसी बात करेगा भला! मुँह बिदकाकर बोला था, "जी हाँ साहब। सभी अपनी स्त्री को सीता-सावित्री

ही समझते हैं। दुनिया के आश्चर्यों में, एक महान आश्चर्य की बात यह भी है।"

जगन ने इसी सिलसिले में मुहल्ला-मुहर्रमबाग के किसी रमणीमोहन का नाम लिया था, "मुहर्रमबाग की कौन ऐसी कुमारी लड़की है जो रमणीमोहन की गाड़ी पर चढ़कर मनेर-डाकबंगलों में पिकनिक करने नहीं गई होगी। लड़कियाँ उसे 'गाड़ीवाला दादा' कहती हैं।"

पंकज ने उसी रात को, जरा घुमा-फिराकर 'गाड़ीवाला दादा' के विषय में पूछ लिया था, "यह 'गाड़ीवाला दादा' कौन है तुम्हारे मुहल्ले में?"

झरना का चेहरा इस नाम को सुनकर जरा उतर गया था। पंकज के दिल की धड़कन तेज हो गई थी। झरना ने सप्रतिभ होकर स्वीकार किया था, "हाँ, गाड़ीवाला दादा है। सुना है, बहुत 'लूज कैरेक्टर' है उनका। डोरे तो उसने मुझ पर भी डाले थे, जरूर। मगर, क्या मजाल जो कभी मुँह से कुछ बोले!"

पंकज के गालों का ताप अचानक तेज हो गया था। बहुत देर तक झरना को बाहु-बन्धन में बाँधकर, सिर्फ एक ही बात बार-बार दुहराता रहा, "तुम सती हो, तुम सती हो!"

मेस छोड़ने के बाद, पंकज दो महीने तक ससुराल में ही रहा। यों, झरना उसे रोज याद दिलाती—घर-वर का पता लगा कहीं?

पंकज को यह बात बड़ी भली लगती—झरना को अपने पति का अपने मैके में अधिक दिन रहना पसन्द नहीं। झरना की माँ रोज यह कहना नहीं भूलती कि पड़ोस के लोग पंकज को 'घरजमाई' समझते हैं।

झरना को माँ की बात से दुख हुआ था। उस दिन जरा रुखाई से वह बोली थी, "यदि घर नहीं मिले तो आज फिर यहाँ लौटकर मत आना। मैं सबकुछ सह सकती हूँ, किन्तु पति का अपमान..."

पंकज ने झरना की पीठ पर हौले-हौले हाथ फेरकर शान्त किया था, "आज जैसे भी हो, जहाँ भी हो, जहाँ भी मिले, घर ठीक करके ही लौटूँगा।"

"घर क्यों नहीं मिलेगा? 'घरनी' होनी चाहिए साथ में।"

पंकज को घर मिल गया। झरना को लेकर अपना घर-संसार बसाने के लिए मखनियाकुआँ की कुकुरगली में आया तो, झरना ने कहा, "शहर में घर लेते समय मुहल्ले का भी खयाल रखना चाहिए।"

एक श्रावणी दोपहरी की धूप

झरना ने गली में पैर रखते ही नाक-भौं सिकोड़कर कहा था, "भले लोगों की गली नहीं यह।"

मखनियाकुआँ मुहल्ले को दोष नहीं देता है, पंकज। किन्तु, कुकुरगली में वे एक महीना से अधिक नहीं रह सके। घर के सामने का हलवाई बड़ा भारी असभ्य निकला। झरना ने बताया कि दोपहर को वह अपने दोनों जंघों को उघाड़कर खिड़की के सामने बैठता है और रह-रहकर खिड़की की ओर देखकर किसी मिठाई का नाम लेकर बेवजह पुकारता है—रसगुल्ला है—रसगुल्ला!!

हलवाई की देखादेखी फलवाले का आवारा लड़का हाथ में सन्तरा लेकर चिल्लाता रहता है—चार आने जोड़ा, जोड़मजोड़ा—मीठा केंवला!!

झरना ने बताया कि इस गली की औरतें भी वैसी ही हैं।

मखनियाकुआँ से कुनकुनसिंघ लेन; कुनकुनसिंघ लेन से बिहारी-सावगली और अन्त में पिछले साल नालारोड पर घर बदलकर आ बसा है पंकज। झरना को वह इलाका भी पसन्द नहीं। किन्तु, पंकज ने फिर घर की समस्या पर, झरना के कुनमुनाने के बावजूद कभी ध्यान नहीं दिया...मुहल्ला अच्छा हो, पड़ोसी अच्छे हों, गली के कुत्ते रात में शोर न मचाएँ, ऐसा घर कहाँ मिलेगा शहर में? झरना कुछ नहीं सोचती?

सिर्फ घर की समस्या पर ही नहीं—इधर कुछ दिनों से पंकज ने झरना द्वारा उठाई गई सभी समस्याओं को टालना शुरू किया है।

आज दफ्तर आने के पहले जब झरना ने ग्वाले के देर से आने की शिकायत की तो पंकज तनिक चिढ़ गया—बड़े-बड़े अफसरों के घर में एकाध दिन देर-सबेर से दूध पहुँचता है।

पति की रुखाई को परखकर झरना चुप रही।

आफिस आने के पहले, मुँह में पान का बीड़ा डालने के बाद, पंकज अपनी पत्नी को हल्के होंठों से चूमता आया है। अब यह क्रिया यंत्रवत् होती है। इधर कई महीनों से पंकज सोच रहा है, झरना को किसी दन्त-विशेषज्ञ के पास ले जाएगा। पायरिया का शिकार हो गई है, निश्चय ही।

आज झरना लजाकर पूछ रही थी, "इस बार सरकारी फार्म का दूधिया भुट्टा नहीं आया है बाजार में?"

"ध्यान नहीं दिया है। आज देखूँगा। मिलेगा तो..."

"नहीं-नहीं। मैंने यों ही पूछा।"

पति के जाने के बाद झरना, कुछ क्षण खड़ी देखती रही। टिफिन की झोली से 'खट-खट' आवाज क्यों आती है? डब्बा खुला हुआ तो नहीं रह गया?

वह एक बार फिर नहाने के घर में घुसी। देह धोकर बाहर आई। सिन्दूर लगाते समय आइने में अपने चेहरे को ध्यानपूर्वक देखा। उँगली से जरा-सा स्नो छूकर गाल पर मल लिया। छाती पर 'घमोरी' के दाने निकल आए हैं। पाउडर छिड़कने के पहले उसने अँगिया खोल ली।...यहाँ कौन देखने आता है?

किन्तु, झरना के अन्दर कहीं कुछ सुलग रहा है। ज्वाला शान्त नहीं हो रही। भोजन करने बैठी तो कुछ रुचा नहीं। जबर्दस्ती दो-चार ग्रास मुँह में डालकर उठ गई।

दोपहर को उसे सोने की आदत है। गर्मियों में वह फर्श पर शीतलपाटी बिछाकर—नंगे बदन सोती है। शीतलपाटी की छाप उसकी गोरी देह पर पाँच बजे तक उभरी रहती है। मछली के काँटे-जैसा दाग?

शीतलपाटी पर लेटते ही उसे पंकज की रूखी और झुँझलाहट-भरी बातों की याद आई।...क्या हो गया है आजकल? हर बात पर चिढ़ जाता है, हमेशा मुँह लटका रहता है। बोली में कोई रस नहीं! डर के मारे झरना आजकल कुछ पूछने का साहस नहीं करती।

पहले, ऑफिस से लौटने के बाद, कम-से-कम पन्द्रह मिनट तक इस तरह अँकवार में जकड़े रहते थे मानो मुद्दत की खोई हुई चीज मिली हो। हर बात का जवाब चुम्बन से देते थे। दिन-भर परिश्रम करने के बावजूद, रात में देर तक जगे रहते, जगाए रहते। अब तो बिस्तर पर पड़ते ही कुम्भकरन की नींद उतर आती है, आँखों में। और, खुर्राटे की आवाज इधर इतनी कर्कश हो गई है कि झरना सो नहीं पाती है।

उस दिन पड़ोसी के गुंडे लड़के ने झरना को फिर छेड़ा। लेकिन, पति ने कहा—कौन क्या कहता है, क्या बोलता है, क्या देखता है, क्यों देखता है; आदमी इन बातों पर ध्यान देने लगे तो उसका जीना मुश्किल हो जाए। तीन

साल से बस इन्हीं छोटी बातों को लेकर कम-से-कम पचास आदमी से लड़ाई मोल ले चुका हूँ।

पिछले साल तक झरना को गली की ओर खुलनेवाली खिड़की के पास खड़ी देखकर पंकज बड़बड़ाने लगा था—जब जानती हो कि गली में हरामियों का अड्डा है तो खिड़की के पास उस तरह खड़ी क्यों होती हो?

और, अब? अब इसका कहना है कि आजकल की सफल गृहिणियाँ

ग्वाले, धोबी और फेरीवाले के सामने जान-बूझकर के एक-दो बटन खोलकर, चीजों का दर-भाव करती हैं।...छिः-छिः, कितना गन्दा हो गया है इस आदमी का मन!

किन्तु, बात सच है।

एक दिन झरना, एक फेरीवाले से पुराने कपड़ों के बदले काँच के बर्तन ले रही थी। फेरीवाला लौंडा शुरू से ही रट लगाए हुए था—मायजी, खादी कपड़ा नहीं लेंगे। सो, न जाने कैसे झरना की छाती के सामने की साड़ी जरा सरक गई। फिर, झरना ने खादी कपड़े की गुदड़ी-चिथड़ों की गठरी सामने रख दी। लौंडे के मुँह से विरोध का एक शब्द भी नहीं निकला।

दूध लेते समय जब से अनजाने में ग्वाले की उँगली जरा छू गई है—दूध में पानी की मिलावट कम हो गई है।

झरना को आज नींद नहीं आएगी। उसने सामने की खिड़की खोल दी। वह जानती थी, ठीक इसी समय पीली कोठी के मुंडेर पर एक रोगी युवक नीम की छाँव में आ बैठा होगा। खिड़की खुली रहे या बन्द, उसकी नजर इधर ही टँगी रहती है।

झरना ने उसे देखकर भी नहीं देखने का भाव दिखलाया। वह फिर शीतलपाटी पर आकर सो गई। इस बार उसने अस्त-व्यस्त साड़ी को समेटकर एक किनारे कर दिया। सिर्फ पेटीकोट पहनकर लेटी रही और कनखियों से छत पर बैठे रोगी युवक को देखने लगी! अब उसका मन रोने का बहाना ढूँढ़ने लगा।...इनके लिए, अपने पतिदेव पंकज के लिए, वह दाल-भात जैसी चीज हो गई है। किन्तु, झरना की एक झलक पाने के लिए अब भी लोग टकटकी लगाकर बैठे रहते हैं। यह पड़ोसी का गुंडा लड़का जो अभी जोर-जोर से गीत गा रहा है, वह किसी और को सुनाने के लिए नहीं। झरना समझती है!

करवट लेते समय वह बड़बड़ाई—हाय रे पुरुष की जाति!...अच्छा, वह भुट्टा लावेगा तो? नहीं, कभी नहीं। आकर कहेगा—दिखाई नहीं पड़ा कहीं बाजार में फार्म का भुट्टा।

झरना की जीभ पनिया गई। भुट्टे की सौंधी गन्ध...नींबू...हरी मिर्च!!

अचानक कुछ सुनकर वह चौंक पड़ी—अरे! यह तो गाड़ीवाला दादा की गाड़ी का हॉर्न है?

वह उठ बैठी। साड़ी पहनते समय उसने लक्ष्य किया, रोगी युवक का चेहरा तमतमा गया है। तेज ज्वर चढ़ गया है, मानो।...हाँ, सच! यह तो गाड़ीवाला दादा की ही गाड़ी है। बिना कुछ सोचे ही उसने खिड़की से पुकार दिया, "दादा!"

नारी-कंठ की पुकार दादा नहीं सुनें, भला!

"अरे तुम? इस मुहल्ले में कब से हो?"

"माँ कैसी हैं?"

"तो, माँ की खोज-खबर अब तक लेती हो?"

"माँ से कहिएगा कि...।"

गाड़ीवाला दादा ने कहा, "मैं सब्जीबाग से तुरत लौट रहा हूँ।"

अब झरना क्या करे? तीन-साढ़े तीन वर्षों के बाद अचानक उसे आज क्या हो गया? शादी के बाद, राह-चलते कई बार गाड़ीवाला दादा पर उसकी दृष्टि पड़ी और हर बार नजर चुराकर, मुँह फेरकर उसने अपनी जान बचाई है। इस आदमी का कोई भरोसा नहीं। झरना को पुष्पा की बात याद है। पुष्पा अपने पति के साथ सिनेमा गई थी। गाड़ीवाला दादा ने देखते ही कहा—"क्यों पुष्पा, पुराने दिनों को भूल गई हो, सो तो ठीक किया है तुमने। किन्तु, पुरानी जान-पहचान के लोगों को देखकर भी नहीं पहचानोगी, ऐसी उम्मीद तुमसे नहीं थी।"

पुष्पा कह रही थी, उसके पति ने इस बात को लेकर पुष्पा को जीवन-भर खोंचा दिया। मरते समय भी कह गया—"तुम्हारे तो बहुत लोग हैं, पुरानी जान-पहचान के—पुराने मित्र!"

अब? वह तो आवेगा। आवेगा क्या, आ ही रहा होगा। आवेगा तो आवेगा। अच्छा होगा। झरना मन-ही-मन लड़ने लगी—वह आज जी भरकर बातें करेगी गाड़ीवाला दादा से।

एक श्रावणी दोपहरी की धूप

झरना ने गली की ओर खुलनेवाली खिड़की बन्द कर दी। नहाने के घर से चेहरा धो आई। बालों को कंघी से सँवारा। चेहरे पर फिर एक उँगली स्नो—आँखों में एक सलाई काजल और मुँह में एक बड़ा पान डालने के बाद, धुली हुई साड़ी निकालने लगी। बक्स से निकली हुई, धुली साड़ी की गन्ध झरना को सदा उत्तेजित करती है। एक नशा छा जाता है क्षण-भर के लिए।

आइने के सामने खड़ी झरना ने गली में फेरीवाले की आवाज सुनी। चाबी के झब्बों को बजाता हुआ वह आदमी ठीक इसी समय आकर हाँक लगा जाता है। न जाने क्या कहता है। इसके बाद ही आवेगा, ढाकई-साड़ी बेचनेवाला रिफ्यूजी फेरीवाला—चा-य-का-धो-ओ-ओ-ड़!

झरना सभी फेरीवालों की आवाज पहचानती है। सभी के आने का, अपना-अपना बँधा हुआ समय है।

गाड़ीवाला दादा का हॉर्न!

सीढ़ियों पर जूते की आवाज क्रमशः निकट होती गई। झरना ने एक बार फिर अपने को आइने में देख लिया।...यह नई ब्रेजरी दुख दे रही है, जरा। पीठ पर 'हुक' गड़ रहा है।

गाड़ीवाला दादा ने कमरे में प्रवेश करते ही पूछा—"बगलवाले बरामदे की कोठरी में कौन रहता है? उस महिला को, लगता है, मैं पहचानता हूँ।"

उसने एक सरसरी निगाह से झरना की गृहस्थी को देखा और पलक मारते ही सबकुछ भाँप गया। अनुभवी शिकारी की तरह उसने एक गिलास पानी माँगा। सिर्फ पानी!

झरना सुराही से पानी डालते समय मुस्कुराई, पानी पीकर दादा निश्चय ही कोई उद्‌गार प्रकट करेंगे—आ-ह! कलेजा जुड़ा गया! अथवा—तुम्हारी सुराही का पानी इतना ठंडा है?

सचमुच दादा ने यही कहा, "तुम्हारी सुराही का पानी...।"

झरना की पतली कमर को एक हाथ से आवेष्ठित करते हुए दादा ने अपने सिर को झरना की छाती से टिकाने की चेष्टा की।

"नः-नः दादा! कोई देख लेगा।"

झरना ने दबी हुई आवाज में विरोध किया, "दादा!"

दादा, अधर-सुधा-रस पान नहीं कर सके। झरना अपने को छुड़ाकर दूसरे कमरे में चली गई, "मैं चाय बना लाती हूँ।"

"चाय नहीं। जरा, इधर सुनो। क्या कहूँगा तुम्हारी माँ से?"

झरना सोच में पड़ गई, वह क्या कहे? बोली, "बहुत दिन हुए माँ को देखे।"

"तो, चलो न।"

"चलूँ?"

तीन बज रहे हैं। दो घंटे में ही वह लौट आएगी। और दो घंटे के बाद भी लौटे तो क्या? उसकी परवाह किसे है? वह नहीं भी लौटे तो उसके पति को अब कोई दुख नहीं होगा। सिर का बोझ है वह। और, उनके पास दूसरी चाबी तो है ही। सम्भवतः कोई दूसरी प्रेमिका भी हो, कहीं।

"क्या सोचा?"

झरना लजायी, "चलूँगी, लेकिन...।"

"लेकिन, क्या?"

"आप मुझे सीधे माँ के घर पहुँचा देंगे तो!"

"इतना डर है फिर..."

"नः-नः, डर नहीं!"

दिन-भर उमस के बाद अभी पुरवा हवा चली है। बादल उमड़-घुमड़ रहे हैं।

ताला लगाते समय, दादा ने पूछा, "क्यों, किसी से कुछ कहना नहीं है? एक पुर्जा छोड़ दो लिखकर।"

झरना चुप रही। गाड़ी में वह पिछली गद्दी पर बैठी। दादा मुस्कुराए... तो, झरना सयानी हो गई है? झरना ने पूछा, "आजकल पारुल दीदी कहाँ हैं।"

दादा इस प्रश्न का अर्थ समझते हैं। झरना जानना चाहती है कि पारुल से उसका गुप्त सम्बन्ध अब भी है या नहीं?

दादा ने कहा, "दुनिया-भर की खबर तो पूछती हो। मगर, अपनी खबर नहीं लेती?"

"अपनी खबर?"

"तीन साल हो गए। दो से तीन तुम लोग कब...?"

गाड़ीवाला दादा अपनी भोंडी रसिकता पर स्वयं हँसा। झरना चुप रही तो

उसने फिर कहा, "तुम लोग चेष्टा ही नहीं करते।"

दादा ने उलटकर झरना की ओर देखा।

गाड़ी, साहित्य-सम्मेलन-भवन के पास आकर दाहिनी ओर मुड़ गई। यह बादल बरसेगा अब! किरानियों को रुलानेवाली वर्षा! सभी 'बाबू' भीगते हुए

घर पहुँचेंगे...एक प्याली गर्म चाय...कुछ गर्म-गर्म पकौड़े...कॉफी...भुट्टा नींबू...हरी मिर्च!!

"जो भी हो, तुमने अपनी देह को अब तक पहले-जैसा पालकर रखा। स्वास्थ्य देखकर मुझे खुशी हुई है।" दादा ने झरना की छाती पर दृष्टि टिकाकर अपना वक्तव्य समाप्त किया। थोड़ी देर और इधर निगाह रह जाती तो जरूर उस सायकिलवाले को धक्का मार देते, गाड़ीवाला दादा।

बाकरगंज नुक्कड़ के पास गाड़ी की चाल धीमी हुई। सामनेवाले फुटपाथ पर छोटी-सी भीड़ लगी हुई है। न जाने क्या बिक रहा है!

झरना चिहुँक पड़ी, "आँ!"

"क्या हुआ?" दादा ने पूछा।

झरना आँचल में मुँह छिपाकर, फुटपाथ की ओर कुछ खोज रही है। हाँ, उसका पति ही है। पंकज ही है। कुछ खरीद रहा है।

ट्राफिक-पुलिस ने हाथ से राह रोकी। सभी गाड़ियाँ रुक गईं। झरना का दिल जोर-जोर से धड़कने लगा। उसे अचानक ज्वर हो गया क्या? नहीं, भीड़ में उसका पति खो नहीं सकता। झरना देख रही है लेकिन पंकज उसको नहीं देख पाएगा। क्या खरीद रहा है! भुट्टा? दूधिया भुट्टा? झरना के लिए ही!

भुट्टावाले की हाँक बीच-बीच में सुनाई पड़ती है—सरकारी फारम का भुट्टा, तीन आने जोड़ा!

बादल, गांधी मैदान पर छाने के लिए दल बाँधकर उतर रहे हैं। झरना को अचानक भुने हुए भुट्टे की सौंधी गन्ध लगी। भुट्टा-नींबू—हरी मिर्च? झरना की जीभ पनिया गई।

ट्राफिक-पुलिस ने रास्ता छोड़ दिया। सभी रुकी हुई गाड़ियाँ, गियर बदलते समय गुर्रायीं। झरना बोली, "दादा जरा रोकके!"

दादा के 'क्यों' का कोई जवाब दिए बिना ही झरना एक झटका देकर गाड़ी

से उतर गई। उसने फिर उलटकर देखा भी नहीं। भीड़ में खो गई झटपट।

भीड़ में पंकज को लगा उसके हाथ का झोला कोई खींच रहा है, "ए! कौन है? झोला क्यों...अरे तुम?"

पंकज की ऐसी उत्फुल्ल मुस्कुराहट बहुत दिनों के बाद छलकी है। लगा, उसे युगों बाद मिली है झरना। झरना बोली, "मैंने सोचा कि तुम भुट्टा लाना भूल जाओगे। इसलिए खुद चली आई।"

"वाह, भूल कैसे जाऊँगा! चलो ठीक है। अच्छा ही किया। आज बहुत दिनों के बाद दफ्तर से जरा पहले ही क्यों छुट्टी मिली है, जानती हो? आज बड़े साहब खुश थे। दो-दो इन्क्रीमेंट एक साथ!...अरे-रे, अब तो तुम्हारी यह साड़ी भीगकर लथपथ हो जाएगी।—ए! रिक्शा!"

बारिश शुरू हुई। भीड़ की भगदड़ में दोनों ने एक-दूसरे को देखा और रिक्शा में जा बैठे। रिक्शावाले ने पर्दे के फीते को बाँधते हुए पूछा, "कहाँ चलना है बाबू?"

झरना ने झोले से एक भुट्टा निकालकर कहा, "देखो-देखो, इसके बाल कैसे लगते हैं, ठीक पादरी साहब की भूरी दाढ़ी।"

पर्दे से ढँके हुए रिक्शे के अन्दर ही झरना की मुस्कुराहट रोशनी बिखेरती है—रह-रहकर।

"जरा इधर खिसक जाओ। और भी जरा। भीग जाओगी। सोचा था, आज हम कहीं बाहर भोजन करने जाएँगे। लेकिन यह साँझ की वर्षा और यह सुनहली साँझ...!"

पंकज की झोली में न जाने कितने दिनों का संचित रस उतर आया है!...एक-दूसरे के स्पर्श में वैसा ही सुख—अब भी जीवित है!! वैसी ही मादक उत्तेजना...?

झरना सरककर पास नहीं गई। वह सीधे पंकज की गोदी में जा बैठी और पंकज की गर्दन पकड़, पाँच साल की बच्ची की तरह मचलती हुई—लटक गई!

[ज्योत्स्ना, अक्टूबर, 1962]

संकट

मैं यह नहीं कहता कि मेरा 'सिक्स्थ-सेंस' बहुत तेज है। आदमी को यह विशेष ज्ञान नहीं दिया है, प्रकृति ने। पशुओं में, कुत्ते की षष्ठेन्द्रिय बहुत सक्रिय होती है। मैं, आदमी होकर यह दावा कैसे कर सकता हूँ? किन्तु, प्राणी विज्ञान के विशेषज्ञों के नाम, कभी किसी अखबार में एक पत्र लिखकर—एक सूचना देने की इच्छा अवश्य है कि पशु-पक्षी पालनेवाला—खासकर कुत्ता पालने में धीरे-धीरे षष्ठेन्द्रिय-ज्ञान का विकास हो जाता है। आदमी भी सूँघकर—अशरीरी छायाओं का पीछा कर सकता है। वह भी आनेवाले संकट की घंटी चौबीस घंटा पहले ही सुन सकता है। संक्रामक रोग, सामूहिक शोक अथवा आँधी-तूफान की सूचनाएँ—उसे भी पहले ही मिल जाती हैं। उसकी अन्य किसी बुद्धि का लोप हो जाता है अथवा अन्य इन्द्रियाँ शिथिल होती हैं या नहीं, कह नहीं सकता!...

कटिहार जंक्शन पर सुबह आँखें खुलीं। खिड़की की झिलमिली उठाकर, कुहरे में लिपटे हुए, रेलवे-यार्ड, मालगाड़ियों के डिब्बे, शंटिंग करते हुए इंजनों को देखता हुआ—प्लेटफार्म पर मैंने काँच को गिरा दिया। हवा का पहला झोंका—ठंडा-गरम, खुशबू-बदबू...संकट की गन्ध लगी? सं...क...ट?

हाँ, संकट की गन्ध ही है। कटिहार के इस प्लेटफार्म पर मैंने इसके पहले भी कई बार संकटों को पहले ही गूँथा है। प्लेटफार्म पर ही नहीं—सारे स्टेशन और बाजार, ओवरब्रिज, आसपास के क्वार्टरों पर संकट की छाया को छू-छूकर मैंने अनुभव किया है। जाना है कि पेड़, सिगनल, मैदान, कौआ, खलासीटोले का हनुमानजी का पताका—सभी दम साधकर प्रतीक्षा में हैं। कोई भारी आँधी

आनेवाली है? महामारी?...बम?

सन् 1940-41 : ठीक इसी मौसम में, सुबह को ही इस स्टेशन के इसी—चार नम्बर प्लेटफार्म पर पहली बार ऐसी अनुभूति हुई थी। दो दिनों की यात्रा के बाद—अवध-तिरहुत रेलवे की गाड़ी, हमें बनारस कैंट जंक्शन से ढोकर—कटिहार जंक्शन पर पहुँचा जाती। कटिहार पहुँचते ही हमें लगता, घर की ड्योढ़ी पर पहुँच गए। प्लेटफार्म पर एकत्र भीड़ का एक-एक आदमी हमारे घर का है। सभी जाने-पहचाने लगते। रास्ते की सारी थकावट दूर हो जाती। मन में रह-रहकर गुदगुदी लगती। आज भी, ऐसा ही होता है।

उस बार, प्लेटफार्म पर भरथजी को देखकर पहले प्रफुल्लित हुआ था। फिर, एक अज्ञात आशंका हुई थी—इतने दिनों के बाद घर लौटा हूँ। पता नहीं, भरथजी कौन-सा प्रोग्राम लेकर...।

हम उन दिनों नाम के लिए पढ़ते थे। यानी हम पढ़ने का, बहाना बनाकर—'राष्ट्रीय' काम करते थे। देश का काम। हम, विभिन्न राजनीतिक दलों द्वारा संचालित स्टुडेंट फेडरेशन के सदस्य, उन दिनों अपने-अपने दल का सन्देश हर कॉलेज में सुनाते फिरते। लीडरी करने के लिए सभी नुस्खे, अपने दल के बड़े नेताओं और कामरेडों से हम सीख चुके थे। कोकटीखादी का गेरुआ पाजामा और कुर्ता, चप्पल और सिगरेट—मैं किन्तु सिगार पीता था—'टेट' वर्मा चूरुट! कामरेड बोखारी के पहनावे-ओढ़ावे ने मुझे काफी प्रभावित किया था। वह सिगार पीता था।...लाल-लाल पतले होंठों पर—काला सिगार!

भरथजी, हमारी मूल पार्टी के सदस्य थे। हालाँकि, हमारा सम्बन्ध तत्कालीन यू.पी. और अभी के उत्तर प्रदेश के नेताओं से था। लेकिन, भरथजी की दौड़ बनारस-कानपुर तक थी। हर दो या तीन महीने बाद भरथजी अचानक किसी दिन पहुँचते थे। वे अक्सर रात को हमारे होस्टल में आते। अपने चारों ओर एक रहस्य, एक गुप्त—आवश्यक प्रोग्राम, एक गश्ती-चिट्ठी—एक सतर्क व्यक्तित्व लेकर। हर बार उन्हें कुछ रुपयों की आवश्यकता होती, जिसकी व्यवस्था करने के लिए हमें कभी-कभी चोरी भी करनी पड़ती। उन दिनों किसी-न-किसी रूप से स्टोव, अँगूठी, घड़ी या कलम गुम हो जाया करती। लेकिन, ऐसा तभी होता जब हममें से किसी के पास भरथजी की आवश्यकता-पूर्ति के लिए या—सिगरेट

पीने के भी पैसे नहीं होते! किन्तु, यह भी सच है कि भरथजी के लिए पैसे जुटाने के काम को भी हम देश का काम समझते थे। इसलिए, उन चोरियों को पाप नहीं—पुण्य मानते थे।

किन्तु, उस बार भरथजी को अपने होम-डिस्ट्रिक्ट के प्रिय जंक्शन पर देखकर आशंका हुई थी। मन में झुँझलाहट भी हुई थी।...इतने दिनों के बाद घर लौट रहा

हूँ। नया चूड़ा, नया चावल, नई साग-सब्जी, नया गुड़, नवान्न, श्रीपंचमी और मेलों का आनन्द, सिर्फ एक महीने में कितना-सा उपभोग कर सकता है कोई। और यहाँ भी कोई प्रोग्राम लेकर पहले से ही भगरथजी उपस्थित हैं! पता नहीं, कहाँ जाना पड़े?...

भरथजी की मुस्कुराहट देखकर हम सबकुछ भूल गए। असल में भरथजी को देखते ही हमारी, खासकर मेरी हालत तेलचट्टे की तरह हो जाती, जिसे 'भिडिंग' या 'कुम्हार-ततैया' नामक घोर नीला और चमकीला भौंरा अपने सूँड से अन्धा कर देता है। फिर खींचता हुआ अपने मिट्टी के घर में ले जाता है और बाद में सुना है—अपने ही जैसा 'भिडिंग' बना डालता है।...कितनी बार देखा है, तेलचट्टा भागने की कोशिश करता है। मगर, अन्धा तेलचट्टा किधर भागे?...

उस दिन भी कुहरे की मसहरी को उठाकर सूरज ने खुले प्लेटफार्म पर रोशनी बिखेर दी थी। भरथजी हँसे थे—हुँ! देखता हूँ साथ में विश्वनाथ महाराज का 'परसाद' भी है।...

मैं कुनमुनाया था—जी! माँ के लिए हर बार यह सब और गंगाजल ले जाना पड़ता है।

मैं लज्जित हुआ था कि मेरे पास विश्वनाथ का 'परसाद' और काशी की गंगा का 'जल' है। जी हुआ था खिड़की से बाहर फेंक दूँ, इन्हें। मगर, भरथजी ने भाँपकर कहा—मदर से इसके एवज में पैसे वसूलते हो या नहीं? अरे कहते क्यों नहीं कि हर बार पण्डा दस रुपए दक्षिणा लेता है। और, एक झारी गंगाजल के लिए घाट के पंडा को पाँच रुपए...।

भरथजी जोर से हँसे थे। और, मैंने उस बार घर पहुँचकर पन्द्रह रुपए का हिसाब सुना दिया था माँ को—पन्द्रह रुपए टैक्स के लगे हैं।

माँ को अचरज हुआ तो कह दिया—जानती नहीं, लड़ाई शुरू हो गई है।

वार फंड में आखिर पैसा कैसे जमा करेगी अंग्रेजी सरकार?...

भरथजी का प्रोगाम? उन्होंने कहा था—एकाध दिन कटिहार आ जाना। मैं यहीं मिलूँगा—अन्नपूर्णा होटल में।...

जब तक बनारस में रहता—मन गाँव के लिए मचलता रहता। घर पहुँचकर, दो-चार दिनों में ही सबकुछ फीका-फीका लगने लगता। आवारा-मन उचट जाता। फिर, किसी-न-किसी बहाने घर से फिरंट!

उस बार कटिहार आकर मालूम हुआ कि भरथजी एक महत्त्वपूर्ण उद्‌देश्य से कटिहार में कैम्प डाले हुए हैं। मेरे पहुँचने पर वे बहुत खुश नहीं थे। उन्होंने बतलाया था कि पिछले कई दिनों से इस गली की नुक्कड़ पर एक आदमी उनको 'वाच' कर रहा है।...तुम आ गए हो, ठीक है। मैं अब कई दिनों तक स्टेशन नहीं जाऊँगा।...

दूसरे दिन मुझे महत्त्वपूर्ण कार्य की जिम्मेदारी देते हुए कहा था—देहाती की तरह सभी से बोलना-बतियाना। सबको बाबू-बाबू कहकर बात करना। काम कुछ नहीं था। रोज कितनी गाड़ियाँ—मिलेटरी-स्पेशल पास करती हैं, देखना। बस, देखना!

मैंने जिरह किया—बस देखना?

—हाँ। बस देखना!

उसी दिन, पहली बार आसमान में करीब पचास हवाई-जहाजों को जाते देखा। उसी दिन देखा—स्टेशन की छत से लेकर फर्श तक कालिख पोता जा रहा है। खिड़कियों और बिजली के बल्बों को अन्धा किया जा रहा है। पहली बार सुना और रात में देखा—ब्लैक आउट!

उस दिन कड़ाके की सर्दी पड़ी थी। मगर, स्टेशन अथवा शहर में, कहीं बाहर में अलाव नहीं नजर आ रहा था। दिन में ही पता चल गया था—रात साढ़े-दस बजे तक मिलेटरी-स्पेशल है! तार-बाबू ने छोटे तार-बाबू को चार्ज देते समय कहा था, बंगला में—साड़े दश टाय...।

दीवारों पर, बड़े-बड़े पोस्टर चिपके हुए थे। 'अफवाहों पर कान मत दीजिए'—'आपकी बात दुश्मन के फायदे की हो सकती है'—'अफवाह फैलानेवाला दुश्मन है!!'

रोज, आसाम की ओर जानेवाले मिलेटरी-स्पेशलों को देखता। प्लेटफार्म पर फौजियों के सामूहिक लंगर, भोजन। विभिन्न रंगों, जातियों, देशों के लोग। समाज के चुने-चुनाये, स्वस्थ-सुगठित शरीरवाले नौजवान—जिन्हें मिलेटरी कहते हैं—पेट के लिए अपनी जान देने जा रहे हैं। अंग्रेजी सरकार की फौज!

हठात्, एक दिन मैं डर गया। मैंने भरथजी से कहा—भरथजी! मुझे सबकुछ अजब-अजब-सा लगता है। मुझे लगता है, मैं भी किसी दिन चला जाऊँगा, किसी मिलेटरी-स्पेशल पर चढ़कर!

मैंने पूछा था, साहस बटोरकर—आखिर, रोज-रोज मिलेटरी-गाड़ी देखने से हमारी पार्टी का क्या फायदा होगा?

भरथजी ने मुझे छुट्टी दे दी—तुम अब घर जा सकते हो। लेकिन, मैं घर नहीं गया। नहीं जा सका। अँधेरे में प्लेटफार्म पर, रात ग्यारह बजे तक बेकार इधर-उधर खड़ा होकर लोगों से, सौनोली जानेवाली गाड़ी या मनिहारी से आनेवाली गाड़ी अथवा जोगबनी की ओर जानेवाली गाड़ियों के बारे में पूछताछ करने का नशा सवार हो गया था, मानो।

लेकिन, मैं भीषण डरा हुआ था। चारों ओर एक अद्‌भुत छायाओं से घिरा हुआ पाता था, अपने को। मिलेटरी-गाड़ियों और पैसेंजर ट्रेनों के प्लेटफार्म छोड़ने के बाद, लगता—हर गाड़ी में मेरा अपना आदमी चला गया है, कोई। जो अब नहीं लौटेगा। जिन्हें अब कभी नहीं देख पाऊँगा। वह मराठा रेजीमेंट का नौजवान, जो सोरावजी रेस्ट्राँ में 'पिक्ल' खोजने आया था, वह बिना अँचार खाए ही मर जाएगा। गोरखा, बलुच, जाट, राजपूत। सौनोली की ओर जानेवाली एक पार्सल ट्रेन में जो बच्चा रो रहा था उसकी आवाज मेरा पीछा करती रही।

मैंने भरथजी से कहा, "मुझे लगता है, बहुत जल्दी ही हमला होगा!"

भरथजी मेरा मुँह देखने लगे थे, "कहीं सुना कुछ?"

"नहीं! मुझे लगता है।"

और, उसके दो-तीन दिन बाद ही बर्मा पर जापानियों ने चढ़ाई कर दी।

भरथजी दो-तीन दिनों के लिए पटना गए। उनके बदले में दो साथी आए—रहीम साहब और चनरभूसन।

दस-पन्द्रह दिनों के बाद ही चारों ओर कोहिमा, इम्फाल, डुमडुमा नामों की

डुगडुगी हर आदमी के कानों के पास बजने लगी।

जिधर मिलेटरी-स्पेशल जाती थी अर्थात् आसाम की ओर से अब आने लगीं भरी गाड़ियाँ—लदी गाड़ियाँ—'इवैक्वी' शब्द उसी दिन पहली बार सुना!

रोज तीन-चार गाड़ियाँ आतीं और प्लेटफार्म पर हजारों नर-नारियों को उतार देतीं।...थके, हारे, भागे, बीमार, परिवार से बिछुड़े, भूले, अधपगले इन्सान!...

पार्टी के आदेश पर हम सभी, विभिन्न सार्वजनिक सेवा-समितियों के वालेण्टियर हो गए। मैं भारत-रिलीफ सोसायटी का स्वयंसेवक बना और रहीम साहब केन्द्रीय सेवा-समिति में गए।

लेकिन, मैं अपने साथियों में सबसे बड़ा कापुरुष और रिएक्शनरी निकला। क्योंकि 'मृतक सत्कार विभाग' में दस दिनों तक रहकर भी मैं कुछ 'संचय' नहीं कर सका। असल में हम सेवा कर रहे थे—'कलेकसन' के लोभ में। जो भी मिल जाए—सोना, चाँदी, बर्तन, कारतूस, बैटरी, घड़ी। चनरभूसन इस मामले में सबसे ज्यादा मिलिटेंट निकला। उसने और सिर्फ उसी ने सबसे ज्यादा कलेकसन किया था।...कोई उस तरह, अपने गुप्तांग में कीमती पत्थरों की छोटी पोटली छिपाकर रख सकता है, भला? चनरभूसन मृतक सत्कार समिति में हो गया था। बनजरवा मेहतर से उसने यह शिक्षा ली थी। हर मुर्दे को उलट-पुलटकर टटोलकर देखने की कला में वह प्रवीण हो गया था।

दिन-रात चीख-पुकार, आह-कराह, पागलों के प्रलाप, हँसी के बीच मिलेटरी-गाड़ियाँ जातीं। चनरभूसन एक टोमीगन चुराने में सफल हुआ। मैं एक बीमार पंजाबी लड़की के प्रेम में पड़ गया। उसका घरवाला सबकुछ खोकर उसके साथ कटिहार तक आया। मगर, उससे आगे नहीं चल सका। कैम्प-अस्पताल में उसको मरते हुए मैंने देखा था। उसकी बीमार बीवी को खबर भी मैंने ही सुनाई थी। वह कुछ नहीं बोली थी। चुपचाप मुझे देखती रही। फिर, मुँह में चुहनगम की तरह कोई चीज डालकर उससे दाँत रगड़ने लगी थी।

चनरभूसन ने कहा था—तुम अस्पताल की ड्यूटी के भी काबिल नहीं। रहीम जाएगा तुम्हारे बदले।

रहीम ने उस पंजाबी लड़की के ब्लाउज के अन्दर हाथ डालकर बटुआ निकाल लिया था जिससे, सिर्फ दस रुपए का एक नोट निकला था। एक ताबीज!

वह लड़की जिस दिन मरी, मैं घर भाग आया। भाग आया मुजरिम की तरह। लगा, मैंने ही उसके स्वामी का गला टीपकर मार दिया है! मैंने उस, बीमार औरत की अस्मत लूटी है। मैंने, हमने। हम सभी ने मिलकर!...ताबीज मेरे पास है, आज भी।

सात साल बाद—दूसरी बार संकट की सूचना मिली। सूचना नहीं, आभास मिला!

इस बार, गाड़ियों में लदकर जो लोग आए उन्हें 'रिफ्यूजी' कहा गया।

भरथजी बहुत बड़े नेता हो चुके थे। चनरभूसन भी बहुत बड़ा मजदूर नेता हुआ, रहीम साहब दंगे में मारे गए और मैं कापुरुष कुछ नहीं कर सका। चार साल तक जेल में सिर्फ उसी पंजाबी लड़की की लाश के पास में लेटकर काट दिया। कोई लिटरेचर, कोई शास्त्र नहीं पढ़ा। न किसी से लड़ा, न किसी का विरोध किया।

शरणार्थियों की सेवा का अवसर मिला। कटिहार, पार्वतीपुर के कई कैम्पों में महीनों सेवा करता रहा। हाँ, इस बार भी कई पार्टियों के स्वयं-सेवक थे। हमारी पार्टी के भी थे। मानो, इस बार मुझे अन्तिम अवसर दिया गया था।

पार्वतीपुर के कैम्प में मैं एक दिन फूट-फूटकर रो पड़ना चाहता था। बेवजह! किन्तु, मैं रोया, दाँत को चुहनगम-जैसे पदार्थ से साफ करती हुई, उस लाश के सामने मैं रो नहीं सका। चुपचाप, एक कागज पर रोने लगा। कई दिनों तक रोया—रोता रहा।

पार्टी में एक ऐसे तबके के लोग भी थे जो बैठे-बैठे ही तीर-कमान छोड़ते थे। कई वर्षों के बाद, इसी वर्ग के एक साथी ने, चुराकर मेरा वह रोना पढ़ना शुरू किया और रोने लगा। उसने कहा—यार, यह तो लिटरेचर है! यह समाजवादी-यथार्थवाद का उत्कृष्ट उदाहरण है।

किन्तु, डॉक्टरों ने मेरे घरवालों को राय दी कि काँके में कुछ दिन रखकर देखिए। अभी शुरूआत है। सही भी हो सकता है दिमाग!

इस बार, फिर कटिहार जंक्शन पर मैंने वैसी ही अशरीरी छायाएँ देखी हैं—बहुत दिनों के बाद। और, मैं जानता हूँ कि ये सारे लक्षण वही हैं।...संकट

के बादल नहीं, पहाड़ टूटनेवाला है। मैं कहता हूँ, मैं कहता हूँ...।

मगर, एक बार जिसे पागल करार दे दिया जाए, उसकी बात पर जीवन-भर कोई ध्यान नहीं देते।

मैं कुत्ते की तरह धरती सूँघता हुआ चला जाऊँगा, किसी दिन—किसी भी तरफ! आसपास ही कहीं वह पंजाबी-इवैक्वी लड़की दफनाई गई थी। पासवाले बाग में ही रिफ्यूजी सावित्री एक खेमे के अन्दर धीरे-से कराह उठी—मरे गेलाम!

सभी प्रतीक्षा कर रहे हैं—वेटिंगरूम में।

[ज्योत्स्ना, मार्च, 1965]

विकट संकट

दिग्विजय बाबू को जो लोग अच्छी तरह जानते-पहचानते हैं, वे यह कभी नहीं विश्वास करेंगे कि दिग्विजय उर्फ दिगो बाबू कभी क्रोध से पागल होकर सड़क पर, खाली देह और ऊँची आवाज में किसी को अश्लील गालियाँ दे सकते हैं। लोग उनको अजातशत्रु मानते हैं। और भूल-चूक से एकाध शत्रु कहीं पैदा भी हुआ हो तो उन्होंने दिगो बाबू को कभी ऊँचे स्वर में बोलते नहीं सुना होगा। अपनी क्रोधहीनता के कारण ही उन्होंने जीवन के हर क्षेत्र में सफलता प्राप्त की है।

किन्तु लोगों ने देखा और पहचाना कि अपने अतिपुरातन भृत्य को बीच सड़क पर बेंत से पीटने और गालियाँ देनेवाले सचमुच दिगो बाबू ही हैं। उनके इस अभूतपूर्व कोप का कारण पूछनेवाले भी दिगो बाबू के मुँह से होनेवाली 'प्रथम वर्षा' में भीग गए। आसपास एकत्रित सभी लोगों को 'सालो' कहकर सम्बोधित करते हुए उन्होंने कहा कि उन्हें सबकुछ मालूम है और वे सभी को ठीक करके दम लेंगे। तमाशा देखनेवालों को अच्छी तरह दिखला देंगे। लोग सब्र करें।

इतना कहकर वे अपनी कोठी के अहाते में गए, फिर बँगले के बरामदे पर रखे हुए कई गमलों को लात मार-मारकर नीचे गिरा देने के बाद अन्दर चले गए। निःशब्द खुलने और बन्द होनेवाला दरवाजा आज पहली बार चूँ-चूँ कर उठा। ताड़ित भृत्य रामटहल अँगोछे से अपनी पीठ झाड़ता हुआ उनके पीछे-पीछे चला गया। बस!...लोग सब्र करें? पता नहीं फिर कितनी देर बाद वे अच्छी तरह तमाशा दिखाने को बाहर निकलें?...उन्हें लोगों के बारे में सबकुछ पता है और लोगों को यह नहीं मालूम कि उन्होंने दिगो बाबू का क्या बिगाड़ा है। उनके घर

में जिनका 'आना-जाना' है, वे भी आज उनकी 'शान्ति-कुटी' में पैर देने का साहस नहीं करते। फिर कारण कैसे मालूम हो...?

कामवाले अपने-अपने काम पर गए और बेकाम के लोग कई घंटों तक बेकार न बैठकर सामने पार्क में ताश खेलते रहे। किन्तु किसी खिड़की या दरवाजे से फिर कोई बाहर नहीं आया, न किसी प्राणी या वस्तु की आवाज ही बाहर आई। जैसी नाटकीयता से गमलों पर पदाघात करके और जिस वेग से वे अन्दर गए थे, उस हिसाब से अन्दर पहुँचने के एक मिनट बाद ही 'ठाँय-ठाँय' विस्फोट अथवा काँच के बर्तनों की टूटती आवाज अथवा किसी के अचानक फूट-फूटकर रोने का स्वर गूँज जाना चाहिए। परन्तु दो घंटे बाद भी कुछ नहीं हुआ और धीरे-धीरे रहस्य गम्भीर होता गया।

रात के दस बजे इस रहस्य को भेदन करके एक उड़ती-सी खबर फैली कि दिगो बाबू के घर में मुकम्मल हड़ताल है। दिगो बाबू के अतिरिक्त कोठी में रहनेवाले अन्य सभी प्राणी दिगो बाबू के विरुद्ध असहयोग-आन्दोलन कर रहे हैं। अर्धांगिनी अपने पूरे अंग को समेटकर अँगनाई की एक छोटी कोठरी में चली गई हैं; प्रजा अर्थात् पुत्र अराजक हो गया है; भृत्य किसी वचन का पालन नहीं करता; महाराज मनपसन्द भोजन बनाने लगा है। यहाँ तक कि घर की बिल्ली भी गुर्राती है देखकर।...हाय रे, दिगो बाबू का सुख का संसार! हाय री उनकी 'शान्ति-कुटी' अर्थात् न्यू पटेलपुरी में नवनिर्मित दिगो बाबू की कोठी!!

दूसरे दिन सूर्योदय से पहले ही तमाशा शुरू हो गया।

दिगो बाबू के लाड़ले बेटे श्रीहर्ष ने अपनी कोमल मधुर आवाज को कर्कशतम् कर, भोले-भाले चेहरे को कठोर-क्रूर बनाकर अखबार देनेवाले लड़के से कहा, "अभी अखबार पहले 'छोटी कोठी' में देगा अब से—समझा?"

'छोटी कोठी' अर्थात् कोठी की अतिथिशाला, जिसमें श्रीहर्ष रहता है। सभी पत्र-पत्रिकाओं को बगल में दबाकर खुले आम माचिस जलाकर, सिगरेट सुलगाकर, धुएँ का गुब्बारा छोड़कर श्रीहर्ष अपनी छोटी कोठी की ओर चला गया।

थोड़ी देर बाद, श्रीहर्ष की माताजी यानी श्रीमती धर्मशीला अपने पति को, न जाने किस बात पर धिक्कारती हुई बाहर बरामदे पर आई। जिस महिला को लोगों ने हर एकादशी की साँझ को अपने पति का चरणोदक पीते देखा है,

वह कह रही थी—"भोर-ही-भोर जो इनका नाम ले ले, उसका सारे दिन का सगुन चौपट!"

कल जिस पर मार पड़ी थी वही चाकर आज निडर होकर लॉन में, आरामकुर्सी पर लेटकर बीड़ी खींच रहा है। और, महाराज अपने दीर्घ दाँतों को दँतुअन से

रगड़ता हुआ यत्र-तत्र थूकता जाता है—मैं किसी का नौकर नहीं। जिसको 'चाह' पीना है 'होटिल' से मँगवा ले। मैं अभी गंगाजी में नहाकर, बिड़ला मन्दिर जाऊँगा! आकथो...

आश्चर्य! लगता है दिगो बाबू को जीवन में सिर्फ कल ही—पहली और अन्तिम बार—क्रोध हुआ। आज वे पुनः धीर-गम्भीर और सौम्य-शान्त हैं—सबकुछ देख-सुनकर भी।

कन्धे पर धोती-तौलिया डालकर बाहरवाले खुले नल पर जाते देखकर किसी को विश्वास नहीं हुआ कि दिगो बाबू बाहर ही नहाएँगे, जहाँ नौकरानी बर्तन माँजती है।

दिगो बाबू ने सड़क पर हाँक लगानेवाले पूरी-भाजेवाले को पुकारा। राह चलते पतौरे-पकौड़े-कचालू-छोले खानेवाले लड़कों को सुबह-शाम निःशुल्क स्वास्थ्यपूर्ण सीख देनेवाले दिगो बाबू को इस तरह बासी पूरी-भाजी खाते देखकर एक सहृदय-पड़ोसी का हृदय हिल गया और उसने 'अरे-रे यह क्या, यह क्या...' कहकर सहानुभूति-विगलित स्वर में कुछ कहने की चेष्टा की। किन्तु दिगो बाबू ने एक अंग्रेजी वाक्य का ठेठ भारतीय अनुवाद करके कपट-नम्र उत्तर दिया, "जनाब! आप अपने चरखे में जाकर तेल डालें।"

दोपहर को उनके पूर्वी पड़ोसी एक 'अर्थपूर्ण बात' अर्थात् रुपए-पैसे से सम्बन्धित बात सुनाने गए, "श्रीहर्ष बाबू ने रोड नम्बर पाँच के फ्लैट के किराएदारों को आज नोटिस दिया है कि मकान का किराया श्रीहर्ष बाबू के हाथ में ही...!"

दिगो बाबू ने बीच में ही काट दिया, "हाँ, प्लॉट और फ्लैट श्रीहर्ष के नाम है, इसलिए मकान का किराया उसी को मिलना चाहिए।"

श्रीहर्ष ने किराएदारों को ही नहीं, दिगो बाबू को भी नोटिस दिया है—जीवन—बीमा के पैसे का 'नामिनी' वह नहीं रहना चाहता। उसे पैसे नहीं चाहिए।...वह किसी का आश्रित नहीं।

श्रीमती धर्मशीला ने भी कुछ ऐसा कहा, जिसका आशय यही होता है कि वह भी दिगो बाबू के आश्रय को श्राप समझती है।

दिग्विजय बाबू एकदम चुप रहे। उनकी लम्बी और गम्भीर चुप्पी से माँ-बेटा, नौकर-चाकर सभी उत्तेजित हो गए, "इनको क्या है? चुप रहें या बोलें—मौज में ही रहेंगे। संकट तो हम लोगों के सिर है!

"आप भला तो जग भला। इनके सुख-चैन में कोई कमी न हो कभी। कोई मरे इनकी बला से।"

दिग्विजय बाबू ने अपनी उँगली में दाँत काटकर देखा; नहीं, वह सपना नहीं देख रहे!

आखिर, बात तरह-तरह की बातें लेकर उड़ी। सारे शहर के हर 'नगर' और 'पुरी' में फैलती गई। तब, दिग्विजय बाबू के हर वर्ग और समाज के मित्रों का आगमन शुरू हुआ।

'शान्ति-कुटी' में प्रवेश करनेवालों की दृष्टि दूर से ही रामटहल के गन्दे-चिकट लँगोट पर पड़ती, जिसे उसने बतौर बगावत के झंडे के दिगो बाबू की खिड़की पर पसार दिया है।

दिगो बाबू के एक वकील मित्र ने जिरह करके मामले के मूल-सूत्र को पकड़ने की चेष्टा की।...नौकर को पीटने के बाद ही पत्नी और पुत्र ने विद्रोह किया या पहले? और नौकर यानी रामटहल तो बहुत पुराना चाकर है। दिगो बाबू जब कालेज में पढ़ने आए थे, रामटहल को साथ ले आए थे। दिगो बाबू की पढ़ाई खत्म हुई, नौकरी शुरू हुई—खत्म हुई—रामटहल सदा साथ रहा। शादी और गौने में भी वह दिगो बाबू से सटकर खड़ा था।...

दिगो बाबू के दूसरे मित्र खुफिया विभाग में काम करते हैं और उनका यह विश्वास है कि संसार में जितने भी अपराध या अघटन होते हैं उनके पीछे कहीं-न—कहीं किसी स्त्री का कोमल हाथ जरूर होता है।...इस मामले में औरत तो सीधे सामने है। लेकिन इसके अलावा कोई और औरत तो कहीं नहीं?

श्रीमती धर्मशीला से बहुद देर तक बेमतलब की बातें करके वे अपने मतलब की बात नहीं निकाल सके। किसी औरत या लड़की का पता नहीं चला। पति

के इस 'विराग' और असहयोग का कारण पूछने पर श्रीमती धर्मशीला रामटहल की ओर देखकर चुप हो जाती।

तब, दिग्विजय बाबू के खुफिया-विभागीय मित्र ने दूसरे सिरे से शुरू किया... कहीं श्रीमती धर्मशीला ही तो वह 'औरत' नहीं? अत: उन्होंने रामटहल की देह में नुकीले सवाल गड़ाकर 'थाहना' शुरू किया।...एक बार इसी तरह कटहल में लोहे की कमानी गड़ाकर चोरी का सोना बरामद किया था।

लेकिन रामटहल शुरू से अन्त तक हर सवाल का एक ही जवाब देता रहा—"मालकिन असल सती नारी हैं!"

उन्होंने तब उन गमलों की परीक्षा की जिन्हें दिगो बाबू ने लात मारकर गिराया था, पर कुछ हाथ नहीं लगा।

तीसरे दिन किसी अज्ञात हितचिन्तक ने दिगो बाबू के बड़े बेटे को तार लगा दिया—"बाय लबेजान है, जल्दी आइए।"

दिगो बाबू के निर्जला मौन-व्रत ने लोगों को भी हैरत में डाल दिया है। जिन अपराधों के लिए कोई भी अपनी स्त्री, बेटे, नौकर, सभी को बाहर निकाल सकता है, उन्हें चुपचाप सहने का क्या अर्थ हो सकता है भला? दिमाग सही है या वह भी दीवार-घड़ी की तरह बन्द हो गया है?

दुर्गापुर से दिगो बाबू का बड़ा बेटा श्रीपार्थ स्त्री श्रीमती भवानी के साथ दौड़ा आया। उनकी अगुवानी के लिए श्रीमती धर्मशीला और श्रीहर्ष एक ही साथ दौड़े। श्रीहर्ष ने कहा, "भैया! डॉण्ट...!!"

"बाबूजी कैसे हैं...?"

"अरे, उनको क्या है बेटा! संकट तो हम लोगों के सिर है। वे तो मौज में हैं और मौज में रहेंगे।"

श्रीपार्थ तथा उसकी पत्नी को स्टेशन पर ही मालूम हो गया था कि बाबूजी लबेजान नहीं, 'सनक' गए हैं...। सनक गए हैं माने पागल? सुनते ही श्रीमती भवानी की देह में कँपकँपी, कलेजे में धड़कन, गले में घिघ्घी और सिर में चक्कर—सब एक साथ! श्रीपार्थ ने समझा-बुझाकर अपनी पत्नी का दिल मज़बूत किया—"पागल हो गए हैं तो क्या—हैं तो हमारे बाप ही!"

किन्तु परिवार के सभी प्राणियों को कोठी के फाटक की ओर झपटते

देखकर भवानी देवी फिर भय से पीली पड़ गईं।...श्रीहर्ष का रह-रहकर 'भैया, डॉण्ट', श्रीमती धर्मशीला की आतंकपूर्ण आँखें, खिड़की पर प्रसारित रामटहल का गन्दा-चिकट लँगोट, फिसफिसाहट और इशारों में बातें देख-सुनकर श्रीपार्थ की अवस्था भी शोचनीय हो गई।

वे सभी दल बाँधकर, दबे-पाँव चुपचाप बरामदे में आए। श्रीमती भवानी सबसे पीछे थीं। रामटहल दिगो बाबू के कमरे का दरवाजा खोलकर इस तरह खड़ा हुआ मानो पिंजड़े में बन्द किसी हिंस्र प्राणी की झाँकी दिखला रहा हो। दिगो बाबू ने 'गीता रहस्य' में गड़ी हुई आँखों को ऊपर उठाने की चेष्टा नहीं की। श्रीपार्थ ने दूर से ही मूक प्रणाम किया। श्रीमती भवानी, साहस बटोरकर आगे बढ़ रही थीं कि रामटहल ने दरवाजा बन्द कर दिया।

सभी ने एक साथ लम्बी साँस ली।

श्रीमती धर्मशीला बोली, "बेटा! तुम तो इनके 'आश्रित' नहीं। तुम लोगों को क्या डर? संकट तो हमारे सिर है!"

तब तक रसोईघर में महाराज ने हनुमान-चालीसा का स-स्वर दैनिक पाठ शुरू कर दिया था, "संकट मोचन नाम तिहारो...।"

पाँच मिनट में ही हर व्यक्ति के मुँह से पच्चीस बार 'संकट' सुनकर श्रीपार्थ के मन में एक काँटा-सा गड़ने लगा—संकट...कंटक...सं...कट! उसने पूछा, "संकट क्या है?"

रामटहल ने कुछ कहना चाहा तो श्रीपार्थ ने उसे चुप कर दिया। श्रीहर्ष संकटकालीन समस्याओं पर पूर्ण प्रकाश डालने को उत्सुक हुआ, किन्तु श्रीपार्थ

ने उसको अंग्रेजी में समझा दिया कि वह सभी से अलग-अलग (इनडिविजुअली) बातें करना चाहता है। अत: माँ को छोड़कर बाकी सभी इस कमरे से बाहर

निकल जाएँ। जिसको पुकारा जाए, वही आए। कोई किसी को कुछ सिखाए-पढ़ाए नहीं।

श्रीमती भवानी उधर से तनिक खुश, ज्यादा परेशान होकर आईं और अपने स्वामी से पूछने लगीं, "बाबूजी मुझे बुला रहे हैं!...हाँ, बहुत प्यार से बुला रहे हैं। मैं खिड़की से झाँककर देखने गई तो पुकारा—बेटी!"

श्रीपार्थ ने अपनी माता की ओर देखा। श्रीमती धर्मशीला चुपचाप अपना बयान देने लगी और श्रीमती भवानी 'क्या करे नहीं करे' का सवाल अपने मुखड़े पर जड़कर वहीं खड़ी रहीं।

श्रीमती धर्मशीला, श्रीहर्ष, रामटहल और महाराज से अलग-अलग साक्षात्कार सम्पन्न करके श्रीपार्थ ने संकट का सूत्र पकड़ा। और, तब उसको अचानक ज्ञात हुआ कि उसके पिता दिग्विजय बाबू सचमुच अभूतपूर्व पुरुष हैं। लगातार तीन-चार दिन तक ऐसे विकट संकट में रहकर भी जिनका दिमाग सही-सलामत है, वे निश्चय ही देवता हैं।

श्रीपार्थ अपने उत्पीड़ित पिता की चरणधूलि लेने के लिए दौड़ा। उसने श्रीमती भवानी को निकट बुलाकर कुछ कहा। श्रीमती भवानी ने घबराकर श्रीहर्ष, रामटहल और अन्त में श्रीमती धर्मशीला की ओर देखा...इतने पागलों के बीच...हे भगवान!

श्रीमती भवानी अपने पति के पास भागकर चली गईं।

संकट की मूल कहानी इस तरह शुरू होती है :

...अष्टग्रह की भयावह अफवाहों के बीच एक दिन इस नगर की 'बूढ़ी-सेठानी-धर्मशाला' में एक त्रिकालदर्शी ज्योतिषी ने अपना डेरा डालकर ऐलान करवा दिया कि वह एक पखवारे से एक दिन भी ज्यादा इस शहर में नहीं रहेगा। जिन्हें अपने भूत, भविष्य और वर्तमान का दर्शन करना अथवा बिगड़ी तकदीर को सुधारना हो जल्दी करें।

अखंड संकीर्तनों के असंख्य ध्वनि-विस्तारक यंत्रों के आतंकपूर्ण हाहाकार और महायज्ञ के कटु-पवित्र धुएँ से ढके हुए इस नगर में त्रिकालदर्शीजी आशा की किरण नहीं, उम्मीद का सूरज लेकर आए। लोगों की जान-में-जान आई।

तब एक दिन उपयुक्त अवसर देखकर श्रीमती धर्मशीला ने अपने पति से निवेदन किया कि क्यों न एक दिन त्रिकालदर्शन...

श्रीमती धर्मशीला अपने पति की मुद्रा देखकर घबराई। किन्तु दिग्विजय बाबू ने झिड़की नहीं दी। प्रेम-लपटे शब्दों में ही उन्होंने पूछा कि अक्ल से बड़ी भैंस कैसे हो सकती है?

श्रीमती धर्मशीला मुस्कुराकर रह गई। वह जानती थी कि उसके 'कर्मयोगी' पति यही कहेंगे। दिगो बाबू ने उस दिन के समाचारपत्र में प्रकाशित पंडित जवाहरलाल नेहरू का वक्तव्य पढ़कर सुना दिया।

किन्तु लगातार तीन बार बी. ए. की परीक्षा में असफल होने के बाद श्रीहर्ष को 'तकदीर के लेख' पर अटूट विश्वास जम गया था। वह दूसरे ही दिन काशी से प्रकाशित एक प्रतिष्ठित पत्र की कतरन ले आया—"माँ, देखो यह श्री सम्पूर्णानन्द की चेतावनी, नेहरूजी के नाम। जरा बाबूजी को दिखला दो—माने—पढ़ने को कहो!"

दिगो बाबू ने कतरन पर सरसरी निगाह डालकर देखा। फिर, सस्वर गुनगुनाने लगे, 'होइहै सोइ जो राम रचि राखा...!'

श्रीमती धर्मशीला को बल मिला। किन्तु रामटहल, राम एवं चुनमुन झा यानी महाराज सुबह-शाम ताजा और भयानक अफवाह लेकर घर लौटने लगे, रोज।

श्रीहर्ष को रात में नींद नहीं आती। आँख खुलते ही बुरे सपने देखता और चीख पड़ता।

श्रीमती धर्मशीला चिन्तित हुई फिर। भय से सूखे हुए श्रीहर्ष ने सूचना दी कि मुन्सिफ साहब तथा दूसरे छोटे-बड़े हाकिमों ने ज्योतिषी से अपनी कुंडली दिखवाई है।...सिविल-सर्जन साहब दिन-रात ज्योतिषीजी के साथ ही रहते हैं।...कलकत्ता का एक बड़ा भारी सेठ स्पेशल हवाई जहाज से उड़कर आया है—परिवारसहित।

जीवन-भर पेशकारी का पेशा करते दिग्विजय बाबू का 'कर्म' में दृढ़ विश्वास जम गया है। इसलिए बुद्धि भी बलवती हो गई है। पर हाकिम-हुक्काम का नाम सुनते ही तुरन्त प्रभावित हुए बिना नहीं रह सकते। अदालत और फौजदारी के हकीमों के बारे में सुना तो सोच में पड़ गए। फिर बोले, "मेरी तो कुंडली ही नहीं।" पत्नी बोली, "तो क्या हुआ? किसी फूल का नाम लेते ही कुंडली बना देते हैं, सुना है।" "लेकिन मैं धर्मशाला में जाकर अपना भविष्य नहीं देखना चाहता।" दिगो बाबू ने एतराज किया।

"डबल फीस लेकर घर भी जाते हैं ज्योतिषीजी।"

अन्ततः तय हुआ कि श्रीहर्ष फीस लेकर जाएगा और फिटन पर ज्योतिषीजी को सादर लिवा लाएगा।

सभी को अपार हर्ष हुआ...घर के 'कर्ता' के भविष्य के साथ ही सभी की किस्मत 'नत्थी' है।...मालिक राजी हो गए, यही बड़ी बात है।

ज्योतिषीजी को फिटन लेकर श्रीहर्ष बुलाने गया। श्रीमती धर्मशीला ने अपने पति को सलाह दी, "जब डबल फीस दिया गया है तो बातें भी 'डबल' करके पूछ लीजिएगा।"

"डबल करके माने?"

"मतलब, अपने अलावा घर के और लोगों के बारे में खुलासा पूछ लीजिएगा।"

ज्योतिषीजी आए। जटा-दाढ़ी और त्रिपुंड-भभूतवाले ज्योतिषियों को लोगों ने देखा है। सूट-बूटवाले इस ज्योतिषी को देखते ही लोगों को अपने-अपने भविष्य की हल्की झलक मिल गई, मानो...। यह आदमी जरूर जादू जानता है।

डॉक्टरों की तरह एक हाथ में बैग और कंट्राक्टर की तरह दूसरे हाथ में एक बड़ा पोर्टफोलिया-बैग लटकाकर फिटन से ज्योतिषीजी उतरे। दिगो बाबू को देखते ही उन्होंने अपनी पहली ही वाणी से विस्मित और अप्रतिभ कर दिया। बोले, "मैं विशुद्ध-वैज्ञानिक ढंग से गणना करता हूँ। इसलिए मेग्निफाइंग-ग्लास के अलावा स्टेथस्कोप, ब्लडप्रेशर-ऑपरेटस और थर्मामीटर भी रखता हूँ। ज्यॉमितिक-कोष्टक-अंकन और अंशादि के सही माप के लिए इन्स्ट्रूमेंट-बाक्स, विभिन्न राज्य एवं जिलों के नक्शे रखना आवश्यक हो जाता है।"

दिगो बाबू की 'शान्ति-कुटी' के निवासियों ने मन-ही-मन जय-जयकार किया। किन्तु तब तक दिगो बाबू ने एक नई शर्त लगा दी। वे एकदम एकान्त में अपने भविष्य की गणना करवाएँगे।

दिगो बाबू के कमरे का दरवाजा बन्द हुआ। सभी ने एक साथ अपने-अपने ललाटों पर एक अद्भुत गुदगुदी का अनुभव किया। सभी की हथेली एक साथ 'कपाल' पर पहुँची।...जै भगवान्!

पूरे तीन घंटे के बाद ज्योतिषीजी हँसते हुए कमरे से बाहर निकले। दिगो बाबू के उत्फुल्ल मुखमंडल में सभी को अपना-अपना भविष्य उज्ज्वल दिखाई पड़ा। अत: श्रीहर्ष दूने उत्साह से ज्योतिषीजी के साथ फिटन पर जा बैठा।

सबसे पहले श्रीमती धर्मशीला ने पूछा, "भगवान की दया से सबकुछ सही

ही बताया होगा! है या नहीं?" "अरे मारो गोली। ठग हैं सब।" "क्यों? कुछ 'ऐसी-वैसी' बातें हाँक गया?"

"अरे, हाँकेगा क्या? नक्शा और थर्मामीटर से भविष्य देखनेवाला इतना चतुर होगा कि न्यू पटेलपुरी में इतनी बड़ी कोठी बनानेवाले, पेन्शनयाफ्ता आदमी—जिसका बड़ा बेटा हाकिम हो और छोटा स्वस्थ, सुन्दर और बेवकूफ, जिसकी पत्नी का नाम धर्मशीला...।"

श्रीमती धर्मशीला अपने प्रौढ़ पति की इस बचकानी मुद्रा को देखकर बहुत दिनों बाद पुलकित हुई।...सचमुच त्रिकालदर्शी हैं न?

श्रीहर्ष ने लौटकर अपनी माता से अपने पिता के भविष्य के बारे में पूछा।

"अरे, वे तो कहते हैं, कि मुफ्त में पैंतीस रुपए...?"

"मुफ्त में? कुछ बतलाया नहीं?"

"कहते हैं, ठग हैं सब।"

"हुँ!...तुम एक बार मौका देखकर फिर पूछोगी? क्योंकि ज्योतिषीजी की बात से ऐसा लगा कि कहीं कुछ 'गड़बड़' है भविष्य में...।"

"गड़बड़ है?" श्रीमती धर्मशीला के निर्मल चेहरे पर आतंक की छाया फैल गई—"क्या कहा उन्होंने?"

"माँ, पाँच रुपए घूस, या प्रणामी जो भी कहो, लेकर भी कुछ खुलासा नहीं बतलाया। बोले कि मनुष्य का भविष्य अन्धकार और प्रकाश से मिलकर बनता है। सो, अन्धकार और प्रकाश के कुप्रभाव से बचने के उपाय भी हैं...।"

श्रीमती धर्मशीला और श्रीहर्ष ने ज्योतिषीजी के इस 'पंचटकिया वचन' के गूढ़ार्थ को समझकर एक ही निष्कर्ष निकाला—निश्चय ही कहीं कुछ गड़बड़ी है भविष्य में, जिसको सुधारने का उपाय भी उन्होंने बतलाया होगा। और सम्भवतः वह उपाय महँगा है, इसलिए 'गृहकर्ता' की ऐसी प्रतिक्रिया...।"

माता और पुत्र को समान रूप से भयभीत और उदास देखकर रामटहल ने भी मुँह लटका लिया। उसने बारी-बारी से 'माता और पुत्र' की ओर आँख में एक ही सवाल डालकर देखा। फिर धीमे स्वर में पूछा, "अच्छा भैया! 'आसरित' का क्या मतलब होता है? आसरित?"

"आसरित या आसरहित?"

रामटहल ने सही शब्द को जीभ पर चढ़ाने की यथासाध्य चेष्टा करके कहा, "आसरीत!" रामटहल ने इधर-उधर देखकर कहा कि वह ज्योतिषीजी को चाय और पान देने के लिए कमरे में गया था तो ज्योतिषी मालिक से कह रहे थे कि उनको अष्टग्रह का कोई डर नहीं। सुख-चैन ही मिलेगा। लेकिन संकट में आसरीत लोगों के सिर!

"ओ! आश्रित?"

श्रीहर्ष ने विशाल शब्द-कोश निकालकर धूल झाड़ते हुए शब्दार्थ ढूँढ़ना शुरू किया। श्रीमती धर्मशीला ईष्ट नाम का जाप करने लगी और रामटहल की आँखें गोल होती गईं।

पाँच मिनट के अथक तथा निःशब्द परिश्रम के बाद श्रीहर्ष को सफलता मिली—"हाँ। आश्रित?...आश्रित...सं...ब्रेकेट में, किसी के सहारे...फिर... ठहरा, टिका हुआ...पु.—वह जो भरण-पोषण के लिए किसी पर अवलम्बित हो, स्त्री-बच्चे, नौकर-चाकर, मन और ज्ञानेन्द्रिय...।"

ऐसा लगा, तीनों के बीच एक हथगोला आकर गिर पड़ा और जोरों का धड़ाका हुआ। जब तीनों को होश हुआ तो देखा कि हथगोला नहीं, श्रीहर्ष के हाथ से विशाल शब्द-कोष छूटकर गिरा था...अब क्या हो? आश्रित का अर्थ— स्त्री-बच्चे नौकर?...इस लपेट से न रामटहल बचकर निकल सकता है और न महाराज?...दुहाय बाबा नरसिंह!

भयातुर आश्रितों ने अन्तिम चेष्टा करके यह पता लगा लेना आवश्यक समझा कि आश्रितों के भीषण संकट के प्रतिकार के लिए गृहस्वामी ने कुछ किया है अथवा नहीं?

दोपहर को, भोजन के समय श्रीमती धर्मशीला आज प्रेमपूर्वक पंखा लेकर बैठी। पति के मुँह में प्रथम ग्रास पहुँचा तो श्रीमती धर्मशीला ने अपने मुँह की बात निकाली, "यदि भविष्यफल में कोई गड़बड़ी हो तो उसका उपाय भी बतलाया होगा? अपने अलावा अपने को आ-आ-आ-स-र...।"

दिगो बाबू तिलमिला उठे, "महाराज ने आज यह...किस चीज की सब्जी है...यह तो जहर है...इतनी मिर्च...दिन-रात भविष्यफल जानने के लिए पागल

रहती हो, मगर एक बार रसोईघर में झाँककर नहीं देखती कि आज क्या... ओहो...मार डाला...।"

दिगो बाबू न भोजन कर सके, न क्रोध। चुपचाप सिसकारी लेते हुए कुल्ली-आचमन करने लगे।

चाय के समय भी 'चेष्टा' करने की चेष्टा विफल हुई, हालाँकि चाय में मिर्च या नमक नहीं, चीनी पड़ी थी।

श्रीहर्ष ने रात्रि के भोजन के पहले इस संकट से उबरने का एक 'साइण्टिफिक उपाय' ढूँढ़ निकाला। और कोई चारा नहीं। शान्ति-कुटी के आश्रितों के समक्ष अपनी गुप्त योजना रखते हुए उसने खासतौर से अपनी माँ को समझाया, "यह तय है कि बाबूजी हम लोगों को संकट से उबारने के लिए कुछ नहीं करेंगे। हम उन्हें स्वार्थी नहीं कहते। किन्तु वे निर्दय अवश्य हैं। उपाय क्या करना होगा यह भी नहीं बतलाते? ऐसी अवस्था में अपनी बुद्धि से निकले हुए उपाय के द्वारा ही प्रतिकार कर सकते हैं हम। बाबूजी हर हालत में सुख-चैन से ही रहेंगे। उन पर कोई खतरा नहीं। संकट उनके आश्रितों के सिर है। हम हर हालत में उनके आश्रित ही रहेंगे। रहना पड़ेगा हमें—हमारी मजबूरी है। ऐसी अवस्था में 'साँप भी मरे और लाठी न टूटे'—जैसा कोई वैज्ञानिक तरीका अख्तियार करना होगा। यदि सभी सहमत हों...।"

सर्वसम्मति से संत्रस्त आश्रितों ने तय किया कि वे आत्मरक्षार्थ गृह-स्वामी का 'अहिंस्र विरोध' करेंगे, अर्थात् बचाव के लिए विरोध। वे आश्रित रहते हुए भी आश्रित न रहने का भाव दिखलाएँगे। चूँकि गृहस्वामी हर हालत में चैन से ही रहेंगे, उनका कुछ नहीं बिगड़ेगा।...

इसके बाद श्रीहर्ष ने विस्तारपूर्वक अपने 'लाइन ऑफ एक्शन' का 'डायरेक्ट एक्शन' बतलाया।

तय हुआ कि कल सुबह सबसे पहले रामटहल को ही बगावत का झंडा फहराना होगा, क्योंकि वही पहला आश्रित है, जिसका नाम लेकर गृहस्वामी सुबह में पहले पुकारते हैं। श्रीमती धर्मशीला की शंकाओं का समाधान और निवारण करते हुए श्रीहर्ष ने कहा, "चाय उन्हें जरूर मिलेगी लेकिन देर से मिलेगी। उन्हें कष्ट देने के लिए नहीं, अपने को कष्टमुक्त करने के लिए

हम विरोध करेंगे।...विरोध शुरू करने के पहले सभी अपने-अपने कलेजे को टटोल लें।"

रामटहल को कलेजा नहीं टटोलना पड़ा।

सुबह को पहली पुकार पर उसके मुँह से पहला जवाब निकल ही रहा था कि उसने कसकर दाँतों का ब्रेक लगा दिया जीभ पर।...पचीस साल की आदत!

तीन बार पुकारने पर भी रामटहल ने कोई जवाब नहीं दिया। दिगो बाबू को तनिक अचरज हुआ। उन्होंने करवट लेकर देखा, रामटहल सामने बरामदे पर लेटा हुआ है, अपनी जगह पर। इस बार उन्होंने गला खोलकर पुकारा, "रामटहल!"

"भोर-हि-भोर रामटहल-रामटहल काहे चिल्ला रहे हैं! बोलिए न, क्या कहना है?"

दिगो बाबू को विश्वास हो गया कि वे खुद नींद में हैं, इसलिए चुप हो गए। लेकिन रामटहल चुप नहीं रहा। उसने कहा, "चाय के लिए महाराज को पुकारिए। बूझते हैं?"

दिगो बाबू स्वप्नलोक से फिर 'शान्ति-कुटी' के कमरे में उतरे। उधर रामटहल तलहथी पर खैनी-तम्बाकू रगड़ता हुआ, सन् तीस के एक भूले हुए 'सुराजी-गीत' की पंक्ति याद कर रहा था। कलेजे को मज़बूत बनाए रखने के लिए उसने गीत शुरू किया, जोर से—'कि बन्दर की तरह बन में 'बिटिस' को नचा देंगे, बन्दर की तरह...।'

दिग्विजय बाबू को तनिक भी सन्देह नहीं रहा कि रामटहल ने अब गाँजा पीना शुरू कर दिया है। अपमान, क्रोध, दुख, ग्लानि के सम्मिलित और अकस्मात् आक्रमण से उनकी देह झुलस उठी। वे उठे और लाठी लेकर झपटे। रामटहल पहले से ही भागने को तैयार बैठा था। वह भागा, लेकिन सड़क पार नहीं कर सका। बीच सड़क पर ही घेरकर दिगो बाबू ने उसे पीटना शुरू किया। गालियाँ सुनकर सारे मुहल्ले के लोग जाग पड़े।...लोगों ने अपनी आँखों से देखा और पहचाना, दिगो बाबू ही हैं।

आसपास एकत्रित लोगों को चेतावनी और तमाशा दिखाने की धमकी देकर,

गमलों को पैरों से गिराने के बाद वे अपने कमरे में चले गए। उनको यह समझने में देरी नहीं लगी कि पड़ोसियों ने उसके पुराने नौकर को बहकाया है। वे इसका बदला चुकाने का रास्ता खोजने लगे। तब तक महाराज हाथ में 'आश्रितों का ऐतिहासिक स्मरण-पत्र' लेकर कमरे में हाजिर हो चुका था।

दिगो बाबू ने पढ़ा—"आपने अकारण ही अपने एक विश्वासी, वफादार एवं असहाय आश्रित को अन्यायपूर्वक पीटा है। हम इसका घोर विरोध करते हैं। हमें खेद है कि हम सभी आपके इस दुर्व्यवहार से दुखी होने को बाध्य हैं। अतः आपकी घोर निन्दा करते हैं। भविष्य में...।"

दिगो बाबू आगे नहीं पढ़ सके, क्योंकि तब तक 'छोटी कोठी' में एक पुराने किन्तु काफी गरम गीत का रेकार्ड बजने लगा था—हो पापी, जोबना का देखो बहार...हो पापी—हो पापी...!

श्रीहर्ष ने विरोध के लिए, ऐसे ही गीतों के रेकार्ड, नंगी तस्वीरोंवाली तथाकथित—स्वास्थ्यपूर्ण किताबें, खुलेआम धूम्रपान और चन्द आवारा दोस्तों के साथ ताश खेलने का कार्यक्रम बनाया। उसने सभी आश्रितों के लिए अलग-अलग 'एक्शन' तय करके समझा दिया था।

श्रीहर्ष ने माँ को याद दिलाकर कहा था, "गलती से पैर छूकर प्रणाम मत कर बैठना। भक्ति और पूजा, बाबूजी की तस्वीर की करो। हर्ज नहीं। लेकिन बाबूजी के साथ बुरा बर्ताव करके ही संकट को टाल सकोगी।"

तीन दिन तक, दिन-रात सभी आश्रितों ने ईमानदारी और दृढ़ता से अपना विरोध जारी रखा। गृहस्वामी को चिढ़ाने के लिए नित नए उपाय सोचे गए, प्रयुक्त हुए। मगर दिगो बाबू ने मौनव्रत धारण करके 'गीता रहस्य' में अपने को इस तरह डाल दिया कि 'मेन-स्विच' ऑफ कर देने और जोर से रेडियो खोलने पर भी उससे बाहर नहीं निकले।...रामटहल ने गन्दा लँगोट पसारकर उनकी क्रोधाग्नि को पुनः-पुनः भड़काने की चेष्टा की, किन्तु व्यर्थ।

श्रीमती भवानी को अपने देवता-तुल्य ससुर की सेवा करने का सुअवसर अब तक नहीं मिला था। श्रीमती धर्मशीला किसी कारणवश अपनी पुत्रवधू पर मन-

ही-मन अप्रसन्न रहती थी। इसलिए पति के सामने यदा-कदा तथा कभी-कभी सर्वदा उसकी बुराई ही करती थी।

इस बार श्रीमती भवानी ने अपने गुणों से दिग्विजय बाबू को दो दिन में ही

मुग्ध कर लिया। उनके मन से 'पुत्रहीन' होने का एकमात्र दुख हमेशा के लिए दूर हो गया।

उस दिन श्रीपार्थ ने फैसला सुनाने के लहजे में अपने पिता के सभी विद्रोही आश्रितों को सुना दिया—"अब तुम लोग पिताजी के आश्रित नहीं रहे। अब

किसी संकट की आशंका नहीं। पिताजी अब मेरे आश्रित होकर दुर्गापुर में रहेंगे, क्योंकि ज्योतिषी ने यह भी बतलाया है कि अब उन्हें किसी के आश्रय में रहना चाहिए।"

श्रीपार्थ ने अपनी माता को 'सोशल-वर्क' करने, श्रीहर्ष को 'घरेलू नौकरों की यूनियन' बनाने, रामटहल को मूँगफली बेचने तथा महाराज को गंगाजी के घाट पर भिक्षाटन करने की उचित और लाभदायक सलाह देकर, श्रीमती भवानी को दुर्गापुर लौटने की तैयारी तुरन्त करने का आदेश दिया।

दिग्विजय बाबू बालकों की तरह प्रसन्न और उत्साहित होकर अपना सामान सहेज रहे थे कि आँगन में कोलाहल सुनाई पड़ा। श्रीमती धर्मशीला क्रोध से काँपती हुई महाराज से पूछ रही थी, "बोलो! तुम जान-बूझकर यह सब कर रहे थे? आखिर क्यों? हम लोगों का सुख तुमसे देखा नहीं जाता था...ऐसे में सारे परिवार के लोग पागल नहीं होंगे भला?"

श्रीपार्थ ने यात्रा के समय इस कलह का कारण जानना चाहा। श्रीमती धर्मशीला बोली, "बेटा, तुम हाकिम हो। तुम्हीं इस बात का इन्साफ करो। इस बार तुम्हारे बाबूजी ने गाँव से 'पाट-साग' का बीज मँगवाया था। महाराज ने बोते समय चुटकी-भर भंग का बीज मिला दिया था। पिछले पाँच-सात दिनों से नौकरानी भंग के पौधों सहित साग ले आती थी और महाराज आँख मूँदकर कड़ाही में डाल देता।...ऐसे में घर-भर के लोग पागल क्यों नहीं होंगे?"

रामटहल ने कहा, "अब समझा कि मेरा माथा हमेशा क्यों उस तरह चकराता था।"

श्रीहर्ष बोला, "रामटहल, अभी तुरन्त आबकारी पुलिस को बुला लाओ।"

महाराज हाथ जोड़कर गिड़गिड़ाने लगा, "मालिक—बड़े भैया—छोटे भैया—मालकिन—इस बार माफ कर दीजिए। 'भविष्य' में कभी ऐसी गलती नहीं होगी। दुहाई...।"

'संकट' का सही कारण ढूँढ़ निकालने के बाद श्रीमती धर्मशीला एक गिलास ठंडा पानी लेकर अपने पति के कमरे में चली गई।

[नई कहानियाँ, सितम्बर, 1965]

अभिनय

छन्दा ने जिस दिन घर-भर के लोगों के छप्पर-फोड़ ठहाके के बीच मुझे 'दादू' कहकर सम्बोधित किया, मैं थोड़ा अप्रतिभ हुआ था। मेरे (अकाल) परिपक्व केश के कारण ही छन्दा (जिसकी माँ मुझे देवर मानती है और जिसकी दादी मेरा नाम लेकर पुकारती है) ने मुझे 'दादू' यानी 'बाबा' कहा था। मुझे 'केशव-केशन' की याद आई थी और मैं मन्द-मन्द सुर में दोहा पढ़ने लगा था।

सबसे पहले छन्दा की दादी (जिसे मैं जेठी माँ अर्थात् बड़ी चाची कहता हूँ) ने 'दोहा' का अर्थ पूछा था। और मतलब समझकर छन्दा की छोटी चाची (जो असाधारण सुन्दरी है) ने मुझे ढाढ़स बँधाया था, "किन्तु...बांग्ला माने हम लोगों का दादू लोग खूब मौज में रहता है। जानते हैं न?"

छन्दा की सदा बीमार माँ के पीले मुखड़े पर भी हँसी की रेखा फूटी थी, "दादू और पोती में खुलकर दिल्लगी चलती है। खूब फस्टीनस्टी...।"

छन्दा की छोटी चाची ने आँखों को नचाते हुए कहा था, "अब आप भी छन्दा को 'गिन्नी' बोलके डाकिये। गिन्नी का माने बूझते हैं? गृहिणी।"

और, इस बात पर फिर एक बार सामूहिक ठहाका लगा था।

छन्दा की छोटी चाची (जो राजकपूर का नाम सुनते ही आइसक्रीम की तरह गल जाती है!) बात करने का ढंग जानती है। (मेरे एक निन्दक पड़ोसी मेरी निन्दा करते समय लोगों से कहते हैं कि छन्दा की छोटी चाची से बातें करने के लिए मैं दफ्तर से कौजुअल-लीव ले लिया करता हूँ!) वह सामनेवाली कुर्सी पर आकर बैठ गई और दुनिया-भर के दादुओं की कीर्ति कथा सुनाने लगी, "कोलकाता में

हमारा भी एक ऐसा ही दादू था...।"

"ऐसा ही माफिक माने?"

"आपका ही माफिक। पातानो-दादू?"

"पातानो-दादू?"

"मुँहबोला-दादू।"

छन्दा का छोटा भाई सन्तू, जो अब तक चुप था, बोल उठा, "तब ठाक्माँ (दादी) से काका बाबू का...कौन...सम्बन्ध..."

बेचारा अपनी बात पूरी भी नहीं कर पाया था कि हँसी का हुल्लड़ शुरू हुआ। और सबसे ऊपर छन्दा की मयूरकंठी-हँसी। हँसी नहीं, पिहकारी। सारे गोलमार्केट में उसकी हँसी कुछ देर तक मँडराती रहती है। पास-पड़ोस के लोगों ने छन्दा के फ्लैट को, इसी उन्मुक्त-हँसी के कारण 'नाइट-क्लब' का नाम दे दिया है।

उस रात को (छन्दा का दादू बनकर) लौटते समय बत्तीस नम्बर के (सीदा-सादा दीखनेवाला नम्बर एक शैतान) सज्जन ने कपट-नम्रता से पूछा था, "क्यों अरुण बाबू! पच्चीस नम्बर में किसी डिरामा-उरामा का रिहलसल-उहलसल चल रहा है क्या?"

मैंने कहा था, "जी हाँ।"

बत्तीस नम्बर मुँह बाकर मुझे थोड़ी देर तक देखता रहा था। फिर पूछा, "कौन नाटक?"

"दादू चरित।"

छन्दा रेलवे-कंट्राक्टर बी. घोष की बड़ी बेटी है। साँवरी-सुन्दरी और चंचल लड़की है। नाचती है, गाती है, अभिनय करती है। सौभाग्यवश, अब तक कुमारी है। मेरा दृढ़ विश्वास है कि किसी कंट्राक्टर की सन्तान विवाह के मामले में और प्रेम के व्यापार में धोखा नहीं खा सकती। दुधमुँही बच्ची-जैसी भोली-भाली छन्दा 'लोलिता' पढ़ चुकी है। मेरे-जैसे अनेक मूढ़ लोगों को नचा चुकी है। फिर भी, सबकुछ जानते हुए भी, लोग उसकी बोली सुनकर भ्रम में पड़ जाते हैं।

मैं सोचने लगा, इतने दिनों के बाद आखिर छन्दा ने मुझसे यह नया रिश्ता क्यों जोड़ा? दादू और पोती में खुल्लमखुली दिल्लगी चलती है।...मेरे मुँह से 'गिन्नी' सम्बोधन सुनने के लिए अथवा...अथवा...?

यो मुँहबोले-काका की हैसियत से भी मैं छन्दा से हल्की-फुल्की दिल्लगी किया करता था। छन्दा के राही-प्रेमी (रिक्शे के पीछे सायकिल भगाकर 'होगा कि नहीं' पूछनेवाले) के बारे में पूछता था। जिस लड़के के बाप ने छन्दा की तस्वीर मँगवाई है, उसकी मूँछों की ऐंठन देखकर डरेगी तो नहीं छन्दा?...यह गीत और नाच किस काम आएगा...सुहाग की रात में घुँघरू बाँधकर नाचेगी छन्दा? आदि-आदि।

फिर, इसे नए रिश्ते की क्या जरूरत थी? छन्दा के (बाप के) बैठक में जिस सोफा पर मैं पहली बार बैठा था, उसी पर आज तक बैठता आया हूँ। कल भी उसी सोफे पर बैठूँगा। लेकिन छन्दा मुझे दादू कहेगी।

दूसरे दिन फ्लैट में पैर रखते ही छन्दा ने स्वागत किया, "कि बूड़ो?...क्यों बुड्ढे, दाँत में दर्द-वर्द तो नहीं। आज चने की घुँघनी बनी है।"

मैं हठात् अधेड़ हो गया। मुझे लगा, मेरे चेहरे पर झुर्रियाँ पड़ गई हैं और दमे से परेशान हूँ, कि गठिया के मारे मेरे घुटनों में रात-भर दर्द था, मगर किसी ने गरम पानी का थैला नहीं दिया। मैंने कराहते हुए जवाब दिया, "दर्द की क्या पूछती हो गिन्नी। कहाँ नहीं दर्द है?"

छन्दा की छोटी चाची देर से आई, मगर दुरुस्त होकर आई। बोली, "किन्तु दादू होने में खतरा भी है।"

"कैसा खतरा?"

"लड़कियों के नाबालिग-प्रेमी लोग दादुओं से बहुत नाराज रहते हैं। हाथ में छड़ी लेकर सुबह-शाम पोती-नतनी की रखवाली करनेवाले दादुओं को वे फूटी नजर भी नहीं देखना चाहते। अतएव, हमेशा होशियार रहिएगा।"

उधर छन्दा के छोटे भाई ने गाना शुरू कर दिया था—"मैं का कलूँ लाम मुझे बुड्ढा मिल गया...।"

तीसरे दिन मालूम हुआ कि धनबाद से एक कोयला खदान के मालिक का बड़ा बेटा छन्दा को देखने आ रहा है। मैंने कहा, "गिन्नी? आखिर इस काला-हीरा की ही गले में डालेगी?"

छन्दा लजानेवाली लड़की नहीं। बोली, "सुनती है काकी? मारे डाह के जल-भुनकर भुर्ता हुआ जा रहा है। बुड्ढा!"

मैं एक लम्बी साँस लेकर उदास हो गया।

छन्दा की छोटी चाची चाय लेकर आई (आज तक चाय लाने का काम किसी और ने नहीं किया) और बोली, "छन्दा ने आपके लिए...।"

तब तक छन्दा, हाथ में एक साप्ताहिक पत्रिका लेकर मेरे पास आ गई। बोली, "आज ही कार्ड लिखकर बी. पी. मँगा लो दादू। पढ़कर देखो, लिखा है केश काले न हों तो दाम वापस।"

मैंने तत्परता से कहा, "दया करके इसकी कटिंग मुझे दे दो।... हाय। दुनिया में हमदर्दों की कमी नहीं।...क्या लिखा है? जवानी में बुढ़ापा क्यों भोग रहे हैं।...वाह! आज ही लिख देता हूँ। काला-हीरा से मुकाबला है, खेल नहीं।"

लगातार चार महीने तक दादू की भूमिका अदा करने के बावजूद, मुझसे गलती हो ही जाती। तब, छन्दा की छोटी चाची अथवा माँ या दादी मुझे टोककर सुधारती—"ऐसा नहीं, इस तरह...।"

किन्तु, छन्दा कभी कोई गलती नहीं करती। आध-दर्जन नाती-पोतोंवाली बूढ़ी की तरह वह बोलती-बतियाती। मेरी गलतियों (बेवकूफियों) पर ताने देती हुई कहती, "तुम्हारे मन में भी भारी-जवान चोर है बुड्ढे।"

एक दिन छन्दा ने मुझसे धीमे स्वर में कहा, "दादू, तुमने कुछ मार्क किया है? तुम्हारे आते ही दादी सिर पर कपड़ा सरका लेती है।"

"सचमुच?"

छन्दा की छोटी चाची दाँतों-तले जीभ दबाकर हँसी। फिर, फिसफिसाकर बोली, "हाँ, कल कह रही थी कि बेचारे अरुण को छन्दा बहुत दिक करती है। और छन्दा ने तुरत उल्टा जवाब दिया—तो, तुम अपने बूढ़े को सँभालती क्यों नहीं।...इस पर माँ हँसते-हँसते लोट-पोट हो गईं।"

मैंने छन्दा से पूछा, "क्यों बूढ़ी? मुझे धकेल रही हो?"

छन्दा हँसती रही। बोली, "और, इधर दादी आपसे बहुत कम बातें करती है, यह आपने लक्ष्य किया है? आते ही अचानक गम्भीर हो जाती है।"

छन्दा की दादी ने पूजा-घर से ही कहा, "छन्दा, तो आश्रम में इस बार पूजा होगी या नहीं?"

"तू लाज से गड़ी क्यों जा रही है?"

"अब मार खाएगी तू, हाँ...।"

"...चिढ़ी है।...बात लगी है?" छन्दा टेबुल पीटकर हँसने लगी।

तो, छन्दा ने मेरे मुँह से 'गिन्नी' सुनने के लिए नहीं, मुझसे एक 'मधुर सम्बन्ध' के लिए नहीं, अपनी दादी को चिढ़ाने के लिए ही मुझे दादू कहना शुरू किया है? अब तो स्पष्ट शब्दों में वह अपनी दादी की भारी-भरकम देह और मेरी दुबली-पतली काया की जोड़ी लगा देती है। उस दिन एक व्यंग्य-चित्र दिखलाकर बोली, "आप लोगों की युगल-जोड़ी।"

छन्दा की दादी विधवा है। मांस-मछली नहीं खाती। पान का नशा है—मगर मुँह में दाँत नहीं। इसलिए पान के बीड़े को कूटकर खाती है। छन्दा ने मुझसे एक दिन यह कर्म भी करवाया और उसकी दादी हँसती रही।

उठते समय, उस दिन फिर हो-हल्ला शुरू हुआ। छन्दा की माँ से उसकी दादी ने चुपके से कहा कि अरुण को कल रात यहीं खाने को कहो..., छन्दा ने सुना और ले उड़ी, "सिर्फ खाने का निमंत्रण?"

छन्दा की दादी के हाथ में जादू है, सुन रखा था। अचानक निमंत्रण पाकर मैंने पूछा, "लेकिन मांस-मछली तो...।"

छन्दा बोली, "आपके लिए सब नियम-कानून तोड़ सकती है—मांस-मछली छूने की क्या बात?"

दूसरे दिन, सुबह ही सन्तू एक लिखित निमंत्रण-पत्र दे गया—"एक बार आकर देख जाइए कि आपकी 'मोटकी' दिगम्बरी रसोईघर में किस तरह पसीने से नहा गई है।...इसी को कहते हैं प-रे-म।"

मैं नहीं गया। शाम को भी अपने समय पर नहीं गया। तय किया, ठीक भोजन के समय जाऊँगा।

शाम को मैदान का एक चक्कर लगाकर लौट रहा था। हथुआ-मार्केट के

सामने आते ही पान खाने को मन ललच पड़ा।

जाफरानी-पत्ती मुँह में घुलाते हुए मैंने पूछा, "यह कैसी पत्ती है?"

"बाबूजी, वाराणसी-पत्ती है। आपने तो पान छोड़ ही दिया।" विश्वनाथ ने कहा।

"क्या कीमत है?"

"ढाई रुपए।"

पॉकेट टटोलकर देखा, पचास पैसे कम पड़ेंगे। विश्वनाथ ने कहा, "कोई बात नहीं।"

मैं जान-बूझकर ही देर से छन्दा के फ्लैट गया। सुना, दादी निराश होकर सो गई है। निराश ही नहीं, नाराज होकर भी।

छन्दा बोली, "बाबा! अब मैं कुछ नहीं बोलूँगी। दादी का कहना है मेरे ही कारण, आप...।"

मेरी बोली सुनकर छन्दा की दादी कपड़े सँभालती हुई आई। मैंने देरी के लिए एक झूठी सफाई दी। वह बोली, "सभी चीजें ठंडी हो गई होंगी।"

छन्दा कुछ कहना चाहती थी। किन्तु, हाथों से मुँह ढँककर अन्दर चली गई। छन्दा की छोटी चाची रसोईघर की ओर गई। छन्दा की दादी बैठी, "मुँह-हाथ धो चुके हो?"

मैंने पॉकेट से जर्दा की डिबिया निकालकर बूढ़ी की ओर बढ़ाया।

वह मद्धिम आवाज में बोली, "की जिनिस?"

"वाराणसी-जाफरानी जर्दा।"

बूढ़ी ने डिबिया को खोलकर सूँघा। मुस्कुराकर चुपचाप आँचल में बाँधने लगी, "क्या जरूरत थी? कितना दाम लिया?"

"अच्छी चीज है।" मैंने कहा।

"गन्ध तो बहुत अच्छी है।" बूढ़ी ने आँचल को एक बार सूँघकर छिपा लिया। कि अचानक छन्दा, सन्तू और छन्दा की चाची ने एक साथ कमरे में प्रवेश किया। छन्दा ने पूछा, "क्यों? क्या घुसुर-फुसुर हो रहा है?"

सन्तू बोला, "की मिष्ठी गन्धो।"

"यह खुशबू कैसी है बुड्ढे?" छन्दा ने मुझसे पूछा।

मैंने छन्दा की दादी की ओर देखा। लाज के मारे बूढ़ी का चेहरा लाल हो गया था।

"क्यों दादी? आँचल में क्या छिपाया...देखूँ...यह...क्या...?"

"कुछ नहीं...जर्दा।"

"किसने दिया?"

अब मेरी देह काँपने लगी। कान गर्म हो गए। लाज से मेरी आँखें झुक गईं और पच्चीस नम्बर फ्लैट में एक बार फिर छप्पर-फोड़ ठहाका गूँजा।

छन्दा की छोटी चाची ने कहा, "ठाकुरपो (देवरजी) आज एकदम सही... ओके...। जरा भी गलती नहीं की आपने।...ठीक, दादू। हू-ब-हू!"

छन्दा डाँट रही थी दादी को—"ऐं? तुम डूब-डूबकर पानी पीती थी बूढ़ी?"

सन्तू बोला, "सिंकिंग-सिंकिंग-ड्रिंकिंग वाटर...?"

[ज्योत्स्ना, नवम्बर, 1965]

तब शुभ नामे

एक-एक कर बहुत सारे शब्दों को 'नकारता' जा रहा हूँ 'नकार' दिया है। नेति-नेति! माता, मातृभूमि, जन्म-भूमि, देश, राष्ट्र, देशभक्ति-जैसे चालू शब्दों की अब मुझे जरूरत नहीं होती। माँ की 'ममता' और मातृभूमि पर मर-मिटने के संवाद और गीतों की बातें अब सिर्फ बम्बई और मद्रास के फिल्म प्रोड्यूसर ही करते हैं। गाँव-समाज से नेह-छोह तोड़े दो दशक हो गए। अब कभी अपने गाँव की याद नहीं आती। गाँव के 'चौपाल' और 'गोहाल' और 'अलाव' के किस्से भूल चुका हूँ। कोसी कछार की हवा मुझे समय-असमय निमंत्रण नहीं देती और न दूर किसी गाँव के ताड़ या खजूर या नारियल के पेड़ ही इशारों से मुझे बुलाते हैं। 'कमलदह' और 'रानी-पोखर' के पुरइन-फूलों के जंगल में भूला 'मन-भमरा' अब गुन-गुन नहीं करता...धीरे-से आना बगियन में रे भोंमरा, धीरे-से आना बगियन में...पंकज मल्लिक का यह गीत अब मन में गुदगुदी पैदा नहीं कर पाता।

जिस गाँव में मेरा जन्म हुआ, उसका नाम भी चेष्टा करके भूल गया हूँ। किन्तु इस कटिहार जंक्शन रेलवे-स्टेशन के मोह को अब भी नहीं काट सका हूँ। गाँव छोड़ा, जिला छोड़ा, प्रान्त छोड़ा, मगर हर पाँच या सात वर्षों के बाद कोई-न-कोई बहाना बनाकर कटिहार चला आता हूँ। नम्बर दो ओवरब्रिज पर आकर घंटों खड़ा होकर चारों ओर देखता हूँ।

...पहली बार, गंगा-स्नान को जाते समय, बचपन में माँ के साथ मैं इस ओवरब्रिज के इसी स्थान पर आकर खड़ा हुआ था। माँ ने उत्तर-पूर्व की ओर

हाथ उठाकर दिखलाते हुए कहा था—"वह है 'कामच्छा'-कमिच्छा' जानेवाली गाड़ी, पच्छिम की ओर वह गाड़ी काशीजी-प्रयागजी तक जाएगी और दक्षिणवाली वह लाइन गंगा के मनिहारी घाट तक चली गई है।"

तब से आज तक न जाने कितनी बार इस स्थान पर आकर खड़ा हुआ हूँ। तब से अब तक इस रेलवे के कितने नाम अदल-बदलकर पड़े...ई. बी. रेलवे, बी. ए. रेलवे, ए. बी. रेलवे, ओ. टी. रेलवे और नॉर्थ-ईस्ट फ्रंटियर रेलवे; किन्तु अब तक मैं ई. बी. रेलवे ही समझता हूँ। यहाँ आकर मैं दिशाहारा-सा हो जाता हूँ, अर्थात् पूरब-पच्छिम, उत्तर-दक्षिण के बदले कामरूप-कमिच्छा की ओर, काशी-प्रयाग की ओर और गंगा की ओर के रूप में दिशाओं का अनुभव करता हूँ। सात वर्षों के बाद आया हूँ, लेकिन लगता है कि पिछले सप्ताह की बात है! कभी-कभी तो सिर्फ एक दिन के लिए ही दौड़ा आया एकदम सीधे बम्बई से! रेलवे के एक रिटायर्ड अफसर से सुना था कि प्लेटफार्म के इस छोर से उस छोर तक चक्कर लगाकर गाड़ी के यात्रियों को देखना एक रोग है और हर रेलवे स्टेशन के आसपास रहनेवाले कुछ लोग इस रोग के शिकार हो जाते हैं। और, इस रोग का सम्बन्ध सीधे यौन-विकार से है।

एक किस्म का एक और रोग है, चलती हुई गाड़ी में सम्भोग-सुख प्राप्त करने की लालसा। सम्भव है, कटिहार जंक्शन से मेरा यह लगाव भी वैसा ही रोग हो, नहीं तो क्यों इस तरह बेदार होकर दौड़ आता हूँ? काशी, इलाहाबाद, पटना, कलकत्ता आदि से लौटते समय, दूर से ही कटिहार स्टेशन का टॉवर देखकर लगता था, कटिहार जंक्शन सिर ऊँचा किए, मुस्कुराता हुआ हमें देख रहा है।

इस बार, अब तक कटिहार जंक्शन ने मुझे नहीं पहचाना है। घने कोहरे में टॉवर छुपा हुआ था। ओवरब्रिज पर आते ही लगा, प्रतीक्षालय के बूढ़े चौकीदार की तरह पोपली हँसी हँसकर किसी ने कहा—"इस बार बहुत दिनों के बाद इधर आना हुआ, शायद...!" दो नम्बर प्लेटफार्म पर उतरते ही पियक्कड़ पगलू जमादार हड़बड़ाकर उठ बैठता है—बाबू, मीना बाजार आनेवाला है फिर क्या? मीना बाजार! पैंतीस साल पहले मीना बाजार देखने आया था। पूजा बाजार स्पेशल! कलकत्ते से आती थी वह गाड़ी। कलकत्ते की कई प्रसिद्ध कम्पनियाँ अपनी दूकानें लेकर आती थीं...ज्वेलर्स, पर्फ्यूमर्स, बन्दूकवाले और बाग बाजार

के रसगुल्लेवाले। पूरे प्लेटफार्म पर दिन-भर मेला लगा रहता। रात में प्लेटफार्म पर ही मुफ्त सिनेमा दिखलाया जाता। उस बार 'स्ट्रीट सिंगर' फिल्म दिखलाई गई थी। दुर्गोत्सव के पहले एक दिन का अतिरिक्त उत्सव। पगलू जमादार से पहली बार मीना बाजार में ही परिचय हुआ था। एल. एस. डी. खाने के बाद लोग तरह-तरह के अलौकिक दृश्य देखते हैं, वैसा ही कुछ होता है यहाँ आकर।

...अभी तीन नम्बर प्लेटफार्म पर पहुँचते ही पोर्टर कामरूप-कमिच्छा की ओर से आनेवाली गाड़ी का सिगनल डाउन कर देगा। सारे प्लेटफार्म की रोशनियाँ बुझा दी जाएँगी। दफ्तरों और रेल के कम्पार्टमेंट की रोशनियों के गिर्द कोलतार पोत दिया जाएगा। घुप्प अँधेरे में सिर्फ हरी और लाल रोशनियाँ टिमटिमाती-सी दिखाई पड़ने लगेंगी। दीवारों पर, पोस्टरों में चेतावनियाँ चिपक जाएँगी...नम्बर एक प्लेटफार्म पर मिलेटरी-स्पेशल आकर रुकेगी। मित्र-पक्ष के सिपाही...न जाने किस-किस मुल्क के! कोहिमा, दीमापुर, इम्फाल, डिब्रूगढ़ आदि कई नाम हवा में फिसफिसाकर लिए जाएँगे। इसके बाद उधर से आएगी इवैक्वी-स्पेशल, बर्मा, रंगून को खाली करके, पैदल ही नदी-पहाड़ पार करके आनेवाली प्रवासी भारतीयों को लेकर! रामकृष्ण मिशन के संन्यासियों के साथ, स्वयंसेवक का बिल्ला लगाकर, प्लेटफार्म पर पहले से ही तैयार है...गाड़ियाँ चीखती हुई आती हैं। रोती हुई, सिर धुनती हुई। हर कम्पार्टमेंट में पीले-पीले औरत-मर्द-बच्चे-बूढ़े ठुँसे हुए। अस्थि-पंजर मात्र शेष देह पिंजर, कोटरों में धँसी आँखें! अधमरे लोगों को लेकर गाड़ी आई है। गाड़ी के रुकते ही हर कम्पार्टमेंट से नरकंकालों की टोलियाँ उतरती हैं...न हँसती हैं, न रोती हैं। अचानक वे एक साथ चिल्लाने लगते हैं, पागलों की तरह वे इधर-उधर दौड़ते हैं। ठोकर खाकर गिरते हैं। हँसते हैं, रोते हैं। नंगे-अधनंगे, चित्थी-चित्थी चीथड़ों में लिपटे लोग हवा में हाथ नचा-नचाकर पता नहीं क्या-क्या बोल रहे हैं। पगलू जमादार, मृतक-सत्कार समिति का बैज लगाए, कन्धे पर स्ट्रेचर लेकर मेरी ओर आता है—बाबू, मीनाबाजार ही आया है...समझिए! होमियोपैथी दवा की गोलियाँ खाकर एक पीली लड़की मुझे बहुत देर तक घूरती रहती है...फिर उससे पूछती है...बरमचारी है, मैं क्या

सचमुच जिन्दा हूँ? इतना कहकर वह खिलखिलाकर हँस पड़ती है। उसकी पीली दन्त-पंक्तियों में जड़ा सोना कितना गन्दा है। इवैक्वी...इवैक्वी...धनपाल को छोड़कर भागनेवाले।

बीहड़ रास्ते में परिवार के सदस्यों को खोकर, अपनी जान किसी तरह बचाकर आसाम तक पहुँचनेवाले भाग्यशालियों के दल की वह पीली लड़की कैम्प अस्पताल में दम तोड़ते समय मुझे अपने पास बुलाती है। इशारे से अपने गले के लॉकेट को खोलने के लिए कहती है। एक काले डोरे में लटकती सिस्टर निवेदिता की तस्वीर, दूसरी ओर महीन अक्षरों में कुछ लिखा हुआ है। मृतक-सत्कार समिति का एक स्वयंसेवक मेरे हाथ से लॉकेट लेते हुए कहता है—अरे, यह तो रोल्डगोल्ड है! यदि मृतक-सत्कार समितिवाले कुछ देर बाद आते, तो मैं उस लड़की की लाश के पास बैठकर दो बूँद आँसू जरूर गिराता...आँखों में अटके आँसुओं की उन बूँदों को अब तक आँखों में ही सहेजकर रखना आसान नहीं।

पगलू जमादार हँसता है—आज कुछ भी हाथ नहीं लगा! अरे बाबू, उस दिन की उस पीली लड़की के दाँतों में असली सोना था, असली! पोर्टर अब घंटा बजाकर आसाम-लखनऊ मेल आने की सूचना देता है। लाउडस्पीकर पर ऊँघती हुई आवाज में ऐलान किया जाता है: आसाम-लखनऊ मेल ट्रेन पाँच नम्बर प्लेटफार्म पर आ रही है। जिन यात्रियों को सोनपुर, छपरा, गोरखपुर होते हुए लखनऊ की ओर जाना है...सभी बुझी हुई रोशनियाँ जल पड़ती हैं एक साथ।

भोर का तारा आकाश पर चमक उठा। उषा की लाली प्लेटफार्म पर छा गई

है और ऐसे ही समय पाँच नम्बर प्लेटफार्म पर पार्वतीपुर पैसेंजर 'इन' करती है...रिफ्यूजी...रिफ्यूजी...फिर वही लोग, वही नरकंकाल और फिर वही पीली लड़की? इस बार वह मुझे देखते ही पहचान लेती है। मैं उसके पास जाता हूँ? वह मुझे दोनों हाथों में जकड़कर कहती है—तुमी आमा के छेड़े को थाय पालियेगेले? कहाँ भाग गए थे तुम मुझे अकेली छोड़कर? उन्होंने मेरे दाँत से असली सोने का पत्तर निकाल लिया! हाय हाय! पगलू जमादार आकर ढाढस बँधाता है—अरे, बबुनी, धरम बच गया, यही बहुत है...! मृतक-सत्कार समितिवाले इस बार जबरदस्ती उस लड़की को स्ट्रेचर पर सुलाकर ले गए। वह चीखती रही। मुझे नाम लेकर पुकारती रही। मैं कुछ न बोल सका।

एक श्रावणी दोपहरी की धूप

उस लड़की की देह आग की तरह सुलग रही थी...हर कम्पार्टमेंट में काननबाला, यूथिका राय, अंगूरबाला, भारती-यमुना, मंजु एक स्वर से नजरुल गीत गाने लगीं: हो ओ धरमे ते धीर होओ करमे ते वीर होओ उन्नत सिर नाहिं भय; मैं मेडिकल अफसर को समझा रहा हूँ कि एक लड़की को जीवित ही जलाने को ले गए हैं लोग। डाक्टर मुझे समझाता है कि सती प्रथा का अन्त ईश्वरचन्द्र विद्यासागर और राममोहन राय के युग में ही हो गया है। पगलू जमादार ने आकर मुझे धीरे से कहा—इस बार उसके गले में असली सोने का लॉकेट था और उसमें आपकी तस्वीर लगी थी, बाबू!

लाउडस्पीकर पर फिर कोई ऐलान शुरू हुआ। फिर एक गाड़ी रिफ्यूजी! रिफ्यूजी-स्पेशल। हठात् साइरन बजने लगा। रोशनियाँ फिर एक-एक कर बुझने लगीं। तीन नम्बर प्लेटफार्म पर फिर अन्धकार छा गया। लाल और हरी रोशनियाँ आकाश में टिमटिमाने लगीं। कामरूप मेल आकर अन्धकार में खड़ी हो गई। हर कम्पार्टमेंट में कच्ची उम्र के जवान हिन्दू, मुसलमान, सिक्ख...उनके चेहरे गुस्से से तमतमाते हुए हैं। चीखती, धड़धड़ाती आती है आसाम की ओर से एक के बाद दूसरी गाड़ी...घायलों, मृतकों और अधमरे लोगों को लेकर! आसाम, गोहाटी, डिब्रूगढ़ से भागे हुए इवैक्वी...इवैक्वी...इस बार वह पीली लड़की अपने चेहरे पर घूँघट डालकर आई है...सेठानी की तरह। वह मेरे पास आकर धीमे-से बोली—मास्टरजी, मेरे साथ मेरा देश जाएगा? बकसीस मिलेगा पूरा। चलेगा? पगलू जमादार मुझे आँखों के इशारे से कहता है—बाबू, उसके साथ मत जाइएगा। उसके बक्शे में नेपाली गाँजा भरा हुआ है! कामरूप-कमिच्छा की ओर से फिर एक स्पेशल ट्रेन आ रही है। प्रतीक्षालय का बूढ़ा चौकीदार पोपली हँसी हँसता हुआ, मुझसे कहता है—साहब, आपकी गाड़ी आ रही है। रेडियो पर 'जन गण मन' गाया जा रहा है यानी स्टेशन अब बन्द हो रहा है। 'तव शुभ नामे' के पास रेकार्ड कटा हुआ है, शायद। 'तव शुभ नामे—तव शुभ नामे' बार-बार बज रहा है।

[सारिका, जुलाई, 1971]

एक रंगबाज गाँव की भूमिका

सड़क खुलने और बस 'सर्विस' चालू होने के बाद से सात नदी (और दो जंगल) पार का पिछलपाँक इलाके के हलवाहे-चरवाहे भी 'चालू' हो गए हैं...! 'ए रोक्-के!' कहकर 'बस' को कहीं पर रोका जा सकता है और 'ठे-क्हेय!' कहकर 'बस' की देह पर दो थाप लगा देते ही गाड़ी चल पड़ती है—इस भेद को गाँव का बच्चा-बच्चा जान गया है। और मिडिल फेल करके गाँव-भर में सबसे बेकार बने छोकरे हाथ में एक 'एकसरसाइज-बुक' लेकर, चुस्त पैंट-बुशशर्ट पहनकर दिन-भर, जहाँ तक जी चाहे, बस में बैठकर 'स्टुडेंटगिरी' कर आते हैं। किन्तु, पिछलपाँक इलाके का रंगदा गाँव अचानक इतना 'चालू' हो जाएगा—यह किसको मालूम था?

सदर शहर से सड़क के द्वारा जुड़ जाने के बाद जब महानन्दा प्रोजेक्ट का काम शुरू हुआ, उसके पहले ही रंगदा गाँव के प्रोजेक्ट का 'इन्स्पेक्शन बँगला' बन चुका था। डाक बँगला या होटिल बँगला (हाल्टिंग बँगला) कहने पर रंगदा गाँव के गँवार भी हँसते हैं—"देखो 'आइबी' को होटिल बँगला कहता है!"

आइबी के मकान बनने के पहले ही चारों ओर गुलमुहर के पेड़ों के छतनार हो चुके थे और कई तो फूलने भी लगे थे। अब तो गुलमुहर फूलने के मौसम में दूर से ही, रंगदा गाँव के आकाश की रंगीनी को देखकर लोग पहचान लेते हैं—'वह रहा...लाल रंग का रंगदा गाँव!'

रंगदा गाँव और इसके निवासियों को 'चालू' करने का श्रेय रंगदा 'आइबी' और गुलमुहर के सैकड़ों पेड़ों को ही है।

एक श्रावणी दोपहरी की धूप

दो साल पहले प्रोजेक्ट के चीफ इंजिनियर के साथ एक बंगाली दोस्त आए थे। उन्होंने दो-तीन दिनों तक बैलगाड़ियों में रंगदा गाँव के आस-पास चक्कर काटने के बाद अपने इंजिनियर मित्र से पूछा था—"गाँव का नाम पहले से ही रंगदा था या आप लोगों ने दिया है?...एक ओर तीन पतली नदियों का संगम, दूसरी ओर बाँस के पुराने जंगल, तीसरी ओर कोसों फैली परती धरती। और, इसके मध्य बसा यह गाँव और आपका यह 'आइबी'...हर नदियों में असंख्य कमल-फूल और आकाश में मँडराते नाना रंग वर्ण के पखेरुओं के झुंड...'की सुन्दर जायगा!' (कैसी सुन्दर जगह!)...मैं बहुत 'इन्स्पायर' हूँ, सिंघजी। मैं आपको धन्यवाद देता हूँ कि आपने मुझे ऐसी जगह का पता दिया।"

इंजिनियर साहब के बंगाली दोस्त दो सप्ताह तक 'आइबी' में रहे। कमरे में दिन-भर चुपचाप बैठकर लिखते थे और शाम को 'आइबी' के चौकीदार के बातूनी चाचा के साथ परमान नदी के तिमुहाने पर जाते थे। कभी बाँस वन के आसपास चक्कर लगाते और किसी दिन जीप लेकर परती-मैदान की ओर चले जाते।

दो सप्ताह के बाद वे चले गए। किन्तु, दो महीने के बाद ही 'धनकटनी' के दिनों—अगहन महीने के शुरू में ही—अपने पूरे दल-बल के साथ आ धमके तीन 'डिलक्स बस' में भरकर कलकत्ता के 'फिलिमवाले'! तब जाकर मालूम हुआ, कि इंजिनियर साहब के बंगाली दोस्त 'फिलिम' बनानेवाले डाइरेक्टर साहेब हैं।

पन्द्रह-बीस दिनों तक गाँव में किसी ने कोई काम नहीं किया। अगर किया भी तो मुफ्त में ही इतनी मज़दूरी मिलती है कि उन्हें भ्रम होने लगता कि 'नोट' जाली तो नहीं!...आइबी के झकसू पासवान चौकीदार के बातूनी चाचा बेंगाई पासवान को तो बजाप्ता 'पाट' ही दे दिया और 'देवी दुर्गा'-जैसी रूपवती लड़की से (अरे देखो-देखो, सिनेमा की हिरोइन को लड़की कहता है?) रू-ब-रू बात कराकर फोटो लिया और जाते समय साथ-साथ कलकत्ता ले गया। बेंगाई अब कलकत्ता में ही रहता है।...बासमती मुसम्मात की बेटी जमुनिया की तस्वीर—पानी में पैठाकर, लिया साड़ी के साथ एक सौ रुपए को एक नम्बरी नोट।...तेतरी दीदी की दीवार पर—हाथी-घोड़ा-मयूर-तोता और फूल आँके देखकर डाइरेक्टर साहब 'लट्टू' हो गए—तेतरी दीदी के नंगे बेटे को ओसारे पर बैठाकर फोटो

लिया...लौंडा रोए तो भी फोटो खिंचाता था और हँसता भी तो फोटो छापनेवाली मशीन—कुर्र-कुर्र-कुर्र फोटो छापती जाती!...सन्तूदास को काम मिला था कि लाल झंडी देखते ही परमान के कुंड में ढेला फेंके। ढेला फेंकते ही हजारों-हजार पंछी पाँखें फड़फड़ाकर उड़ते, उड़ने लगते। उधर दनादन फोटो

होता रहता। मँहगू की दो धुर जमीन का सरसों बर्बाद हुआ तो पाँच सौ रुपए हर्जाने में मिले।

जिस दिन वे लोग जाने लगे—गाँव के लोग उदास हो गए। बेंगाई पासवान ने सभी को भरोसा दिया था—'बाबू लोग बोलते हैं कि फिर आवेंगे।'

सचमुच, बेंगाई ने ठीक ही कहा था। तीन-चार महीने के बाद, बेंगाई कलकत्ते से लौटा, तो गाँव के लोग पहले उसको पहचान ही नहीं सके। बड़े-बड़े बाबू-बबूआन की तरह 'धोती-अँगरखा' पहने, आँख पर चश्मा।...दो बक्सा कपड़ा ले आया था, अपने भतीजे-भतीजी और नाती-पोतों के लिए। बेंगाई बोला—"अरे भैया! अपने रंगदा गाँव ने तो सिनेमावालों पर ऐसा रंग डाल दिया है कि अब इस गाँव में जो भी हो जाए, अचरज मत करना। बंगाली बाबुओं ने कलकत्ता में जाकर रंगदा की इतनी तारीफ शुरू कर दी कि मैं भी हैरत में पड़ गया। कहते थे—रंगदा गाँव के दूध पर ऐसी मोटी छाली पड़ती है, वहाँ की मछली-जैसा स्वाद कलकत्ते में कभी नहीं पाओगे।...और आदमी लोगों की भी तारीफ करते थे।...सो, जान लो! इस बार दूसरे साहब आ रहे हैं। यह जरा दूसरे 'सुभाव' के आदमी हैं। मगर घबड़ाने की बात नहीं। यह भी भले आदमी हैं। ये रंगीन खेला बनाएँगे—इसीलिए गुलमुहर और सेमल फूल के मौसम में आवेंगे।...मैं यहाँ से तार करूँगा और दूसरे ही दिन सभी दनादन पहुँचते जाएँगे। हाँ, ये साहब हम लोगों के 'सिरुआ पर्व' के धूमधाम और 'नन्हीं-मुन्ही नाच' की शूटिंग करेंगे। अजी, शूटिंग का मतलब वही है जो फोटो छापने का। लेकिन दूसरे गाँव का आदमी जो कुछ भी कहे—अपने गाँव के लोगों को इसका मतलब समझा दो। शूटिंग, हीरो, हिरोइन, कैमरा और लोकेशन...सबका 'अरथ' समझ लो।...सरसतिया की माँ से कहो कि सरसतिया का नाम अब 'लक्ष्मी' रख दे। उसकी आँखों की छापी की वहाँ इतनी तारीफ हुई है कि इस कम्पनी के डाइरेक्टर साहब ने अपने खेला की 'लक्ष्मी' का काम सरसतिया से ही करवाने का फैसला किया है।...

पाँच हजार! पूरा पाँच हजार! बोल, सरसतिया की माँ? अब भी बेंगाई पासवान को 'करमजरबा' कहेगी?"

नहीं-नहीं, अब बेंगाई को करमजरुआ या कामचोर कौन कह सकता है? सूरज पर कौन थूक सकता है? दिन-भर खैनी खाकर 'बकर-बकर' करनेवाले बातूनी बेंगाई की बात की इतनी कीमत! यह जो कुछ बोलता है, डाइरेक्टर साहेब एक छोटी बही में 'चट' टीप लेते हैं। कितना किस्सा-कहानी, कितना गीत-भजन, कितना फिकरा—मुहावरा...।

सिरुआ-पर्व के ठीक पाँच दिन पहले ही कलकतिया बाबू लोग पहुँच गए। दल में कुछ पुराने लोग थे, कुछ नए। पहलेवाली हिरोइन के साथ एक हिरोइन और आई है। गाँव गुलजार है!

सारे गाँव में सिरुआ-पर्व मनाने का खर्च कम्पनीवालों ने दिया है। कोई घर ऐसा नहीं, जिसकी दीवारों पर तेतरी दीदी के हाथ में बने हुए फूल-पत्ते, हाथी-घोड़े न बने हों। तेतरी दीदी को भी डाइरेक्टर साहब कलकत्ता ले जाएँगे। कह रहे थे कि उसको सरकार से 'बकसीस' दिलाएँगे।

एक बात और खास है, रंगदा गाँव में। इस जिले में बस इसी इलाके और गाँव में 'थारू-कोंच' जाति के लोग रहते हैं। इसीलिए 'पहरावे-ओढ़ावे' से लेकर 'पर्व-त्योहार' भी सभी के लिए नये लगते हैं। औरतें पर्दा नहीं करतीं। स्वस्थ होती हैं!

नये डाइरेक्टर साहब ने सरसतिया का पहले बाँस बन की छाया में गाय के बछड़े के साथ दौड़ाकर 'शूटिंग' लिया। फिर, धान कूटते समय—ढेंकी के ताल पर गीत गाते हुए। कलकत्ते से आई हुई छोटी हिरोइन के साथ झूला झूलते हुए।...धन्य है। धन्य है!!

तब से रंगदा गाँव इतना 'चालू' हो गया है कि इस गाँव में सीधे कलकत्ते से महीने में चार-पाँच मनीआर्डर आते हैं। बेंगाई पासवान के अलावा सरसतिया और उसकी माँ, उसका बड़ा भाई भी कलकत्ता गया है। तेतरी दीदी की खुशामद एक ओर उसका बाप करता है—दूसरी ओर उसका बूढ़ा ससुर भी दिन-रात आकर रोता-गाता है।...गाँव का रंग ही बदल गया है, तब से!

इसलिए, रंगदा गाँव के लड़के क्यों न अपने को रंगबाज कहें?...

एक रंगबाज गाँव की भूमिका

असल में, इस गाँव के बारे में इतनी 'भूमिका' बाँधने की जरूरत आ पड़ी थी। इस बार सरसतिया का छोटा भाई कलकत्ते से, होली के पहले घर आ रहा था। कटिहार जंक्शन पर पुलिसवालों को कुछ सन्देह हुआ, तो पकड़ लिया। पूछा—कहाँ घर? तो, जवाब दिया—रंगदा का 'रंगबाज' हूँ। यह रंगबाज क्या है?...तुम्हारे पास इतने पैसे कहाँ से आए? तो, छोकरे ने सिगार सुलगाते हुए, लापरवाही से कहा—मैं हिरोइन का छोटा भाई हूँ—'रंगबाज' फिल्म का नाम सुना है? अभी यहाँ नहीं आया है? आएगा तो देखिएगा।...अबकि हमको भी 'चान्स' मिलनेवाला है।

पुलिसवालों ने उसको 'रंगबाज' अर्थात् गुंडा नक्सली समझकर चालान करना चाहा। किन्तु, उस लड़के ने 'तार' देकर बेंगाई दास को गाँव से बुला लिया। और बेंगाई ने आकर अपने गाँव रंगदा की भूमिका बाँधी, तभी जाकर उसको छुट्टी मिली।

दरोगा ही नहीं, एस. पी. साहब के लड़के और लड़कियाँ भी उस दिन से बेंगाई की खुशामद कर जाते हैं—रंगदा गाँव में आकर—"बेंगाई दादा! एक बार 'चान्स' दिला दो। जिन्दगी-भर गुलामी कर दूँगा...।"

बेंगाई दास किसी को भरोसा नहीं दे सकता है।...कैसे दे सकता है? यह तो रंगदा गाँव की महिमा है कि आज बेंगाई दास की तस्वीर सिनेमा के अखबारों में छपती है।

[ज्योत्स्ना, सितम्बर, 1972]

संवदिया

हरगोबिन को अचरज हुआ—तो, आज भी किसी को संवदिया की जरूरत पड़ सकती है। इस जमाने में, जबकि गाँव-गाँव में डाकघर खुल गए हैं, संवदिया के मार्फत संवाद क्यों भेजेगा कोई? आज तो आदमी घर बैठे ही लंका तक खबर भेज सकता है और वहाँ का कुशल-संवाद मँगा सकता है। फिर उसकी बुलाहट क्यों हुई?

हरगोबिन बड़ी हवेली की टूटी ड्योढ़ी पार कर अन्दर गया। सदा की भाँति उसने वातावरण को सूँघकर संवाद का अन्दाजा लगाया।...निश्चय कोई गुप्त समाचार ले जाना है। चाँद-सूरज को भी नहीं मालूम हो। परेवा-पंछी तक न जाने।

"पाँव लागी बड़ी बहुरिया!"

बड़ी हवेली की बड़ी बहुरिया ने हरगोबिन को पीढ़ी दी और आँख के इशारे से कुछ देर चुपचाप बैठने को कहा। बड़ी हवेली अब नाममात्र को ही बड़ी हवेली है। जहाँ दिन-रात नौकर-नौकरानियों और जन-मजदूरों की भीड़ लगी रहती थी, वहाँ आज हवेली की बड़ी बहुरिया अपने हाथ से सूपा में अनाज लेकर झटक रही है। इन हाथों में सिर्फ मेंहदी लगाकर ही गाँव की नाइन परिवार पालती थी। कहाँ गए वे दिन? हरगोबिन ने लम्बी साँस ली।

बड़े भैया के मरने के बाद ही जैसे सब खेल खत्म हो गया। तीनों भाइयों ने आपस में लड़ाई-झगड़ा शुरू किया। रैयतों ने जमीन पर दावे करके दखल किया। फिर, तीनों भाई गाँव छोड़कर शहर में जा बसे, रह गई बड़ी बहुरिया—कहाँ जाती बेचारी! भगवान् भले आदमी को ही कष्ट देते हैं। नहीं तो एक घंटे की

बीमारी में बड़े भैया क्यों मरते?...बड़ी बहुरिया की देह से जेवर खींच-छीनकर बँटवारे की लीला हुई थी, हरगोबिन ने देखी है अपनी आँखों से द्रौपदी-चीर-हरण लीला! बनारसी साड़ी को तीन टुकड़े करके बँटवारा किया था, निर्दय भाइयों ने। बेचारी बड़ी बहुरिया!

गाँव की मोदिआइन बूढ़ी न जाने कब से आँगन में बैठकर बड़बड़ा रही थी—उधार का सौदा खाने में बड़ा मीठा लगता है और दाम देते समय मोदिआइन की बात कड़वी लगती है। मैं आज दाम लेकर ही उठूँगी।

बड़ी बहुरिया ने कोई जवाब नहीं दिया।

हरगोबिन ने फिर लम्बी साँस ली। जब तक यह मोदिआइन आँगन से नहीं टलती, बड़ी बहुरिया हरगोबिन से कुछ नहीं बोलेगी। वह अब चुप नहीं रह सका, "मोदिआइन काकी, बाकी-बकाया वसूलने का यह काबुली-कायदा तो तुमने खूब सीखा है।"

'काबुली-कायदा' सुनते ही मोदिआइन तमककर खड़ी हो गई, "चुप रह मुँह-झौंसे! निमौछिये...!"

"क्या करूँ काकी, भगवान् ने मूँछ-दाढ़ी दी नहीं, न काबुली आगा साहब की तरह गुलजार दाढ़ी...!"

"फिर काबुल का नाम लिया तो जीभ पकड़कर खींच लूँगी।"

हरगोबिन ने जीभ बाहर निकालकर दिखलाई—अर्थात् खींच ले।

...पाँच साल पहले गुल मुहम्मद आगा उधार कपड़ा लगाने के लिए गाँव में आता था और मोदिआइन के ओसारे पर दूकान लगाकर बैठता था। आगा कपड़ा देते समय बहुत मीठा बोलता और वसूली के समय जोर-जुल्म से एक का दो वसूलता। एक बार कई उधार लेनेवालों ने मिलकर काबुली की ऐसी मरम्मत कर दी कि फिर लौटकर गाँव में नहीं आया। लेकिन इसके बाद ही दुखनी मोदिआइन लाल मोदिआइन हो गई।...काबुली क्या, काबुली बादाम के नाम से भी चिढ़ने लगी मोदिआइन! गाँव के नाचनेवाले ने नाच में काबुली का स्वाँग किया था: "तुम अमारा मुलुक जायगा मोदिआइन? अम काबुली बादाम-पिस्ता-अकरोट किलायगा...!"

मोदिआइन बड़बड़ाती, गाली देती हुई चली गई तो बड़ी बहुरिया ने हरगोबिन

से कहा, "हरगोबिन भाई, तुमको एक संवाद ले जाना है। आज ही बोलो, जाओगे न?"

"कहाँ?"

"मेरी माँ के पास!"

हरगोबिन बड़ी बहुरिया की छलछलाई आँखों में डूब गया, "कहिए, क्या संवाद है?"

संवाद सुनाते समय बड़ी बहुरिया सिसकने लगी। हरगोबिन की आँखें भी भर आईं।...बड़ी हवेली की लक्ष्मी को पहली बार इस तरह सिसकते देखा है हरगोबिन ने। वह बोला, "बड़ी बहुरिया, दिल को कड़ा कीजिए।"

"और कितना कड़ा करूँ दिल?...माँ से कहना मैं भाई-भाभियों की नौकरी करके पेट पालूँगी। बच्चों के जूठन खाकर एक कोने में पड़ी रहूँगी, लेकिन यहाँ अब नहीं...अब नहीं रह सकूँगी।...कहना, यदि माँ मुझे यहाँ से नहीं ले जाएगी तो मैं किसी दिन गले में घड़ा बाँधकर पोखरे में डूब मरूँगी।...बथुआ-साग खाकर कब तक जीऊँ? किसलिए...किसके लिए?"

हरगोबिन का रोम-रोम कलपने लगा। देवर-देवरानियाँ भी कितने बेदर्द हैं। ठीक अगहनी धान के समय बाल-बच्चों को लेकर शहर से आएँगे। दस-पन्द्रह दिनों में कर्ज-उधार की ढेरी लगाकर, वापस जाते समय दो-दो मन के हिसाब से चावल-चूड़ा ले जाएँगे। फिर आम के मौसम में आकर हाजिर। कच्चा-पक्का आम तोड़कर बोरियों में बन्द करके चले जाएँगे। फिर उलटकर कभी नहीं देखते...राक्षस हैं सब!

बड़ी बहुरिया आँचल के खूँट से पाँच रुपए का एक गन्दा नोट निकालकर बोली, "पूरा राह-खर्च भी नहीं जुटा सकी। आने का खर्चा माँ से माँग लेना। उम्मीद है, भैया तुम्हारे साथ ही आवेंगे।"

हरगोबिन बोला, "बड़ी बहुरिया, राह-खर्च देने की जरूरत नहीं। मैं इन्तजाम कर लूँगा।"

"तुम कहाँ से इन्तजाम करोगे?"

"मैं आज दस बजे की गाड़ी से ही जा रहा हूँ।"

बड़ी बहुरिया हाथ में नोट लेकर चुपचाप, भाव-शून्य दृष्टि से हरगोबिन को

देखती रही। हरगोबिन हवेली से बाहर आ गया। उसने सुना, बड़ी बहुरिया कह रही थी, "मैं तुम्हारी राह देख रही हूँ।"

संवदिया! अर्थात् सन्देशवाहक!

हरगोबिन संवदिया!...संवाद पहुँचाने का काम सभी नहीं कर सकते। आदमी भगवान के घर से ही संवदिया बनकर आता है। संवाद के प्रत्येक शब्द को याद रखना, जिस सुर और स्वर में संवाद सुनाया गया है, ठीक उसी ढंग से जाकर सुनाना, सहज काम नहीं। गाँव के लोगों की गलत धारणा है कि निठल्ला, कामचोर और पेटू आदमी ही संवदिया का काम करता है। न आगे नाथ, न पीछे पगहा। बिना मज़दूरी लिए ही जो गाँव-गाँव संवाद पहुँचावे, उसको और क्या कहेंगे!...औरतों का गुलाम। जरा-सी मीठी बोली सुनकर ही नशे में आ जाए, ऐसे मर्द को भी भला मर्द कहेंगे? किन्तु, गाँव में कौन ऐसा है, जिसके घर की माँ-बहू-बेटी का संवाद हरगोबिन ने नहीं पहुँचाया है।...लेकिन ऐसा संवाद पहली बार ले जा रहा है वह।

गाड़ी पर सवार होते ही हरगोबिन को पुराने दिनों और संवादों की याद आने लगी। एक करुण-गीत की भूली हुई कड़ी फिर उसके कानों के पास गूँजने लगी :

"पैयाँ पड़ूँ दाढ़ी धरूँ...
हमरो संवाद ले ले जाहु रे संवदिया-या-या!.."

बड़ी बहुरिया के संवाद का प्रत्येक शब्द उसके मन में काँटे की तरह चुभ रहा है—किसके भरोसे यहाँ रहूँगी? एक नौकर था, वह भी कल भाग गया। गाय खूँटे से बँधी भूखी-प्यासी हिकर रही है। मैं किसके लिए इतना दुख झेलूँ?

हरगोबिन ने अपने पास बैठे हुए एक यात्री से पूछा, "क्यों भाई साहेब, थाना बिंहपुर में डाकगाड़ी रुकती है या नहीं?"

यात्री ने मानो कुढ़कर कहा, "थाना बिंहपुर में सभी गाड़ियाँ रुकती हैं।"

हरगोबिन ने भाँप लिया, यह आदमी चिड़चिड़े स्वभाव का है, इससे कोई बातचीत नहीं जमेगी। वह फिर बड़ी बहुरिया के संवाद को मन-ही-मन दुहराने लगा।...लेकिन, संवाद सुनाते समय वह अपने कलेजे को कैसे सँभाल सकेगा! बड़ी बहुरिया संवाद कहते समय जहाँ-जहाँ रोई है, वहाँ भी रोएगा!

एक श्रावणी दोपहरी की धूप

कटिहार जंक्शन पहुँचकर उसने देखा, पन्द्रह-बीस साल में बहुत कुछ बदल गया है। अब स्टेशन पर उतरकर किसी से कुछ पूछने की जरूरत नहीं। गाड़ी पहुँची और तुरन्त भोंपे से आवाज अपने आप निकलने लगी—थाना बिंहपुर, खगड़िया और बरौनी जानेवाले यात्री तीन नम्बर प्लेटफार्म पर चले जाएँ। गाड़ी लगी हुई है।

हरगोबिन प्रसन्न हुआ—कटिहार पहुँचने के बाद ही मालूम होता है कि सचमुच सुराज हुआ है। इसके पहले कटिहार पहुँचकर किस गाड़ी में चढ़ें और किधर जाएँ, इस पूछताछ में ही कितनी बार उसकी गाड़ी छूट गई है।

गाड़ी बदलने के बाद फिर बड़ी बहुरिया का करुण मुखड़ा उसकी आँखों के सामने उभर गया—'हरगोबिन भाई, माँ से कहना, भगवान् ने आँखें फेर लीं, लेकिन मेरी माँ तो है...किसलिए...किसलिए...मैं बथुआ-साग खाकर कब तक जीऊँ?'

थाना बिंहपुर स्टेशन पर जब गाड़ी पहुँची तो हरगोबिन का जी भारी हो गया। इसके पहले भी कई भले-बुरे संवाद लेकर वह इस गाँव में आया है, कभी ऐसा नहीं हुआ। उसके पैर गाँव की ओर बढ़ ही नहीं रहे थे। इसी पगडंडी से बड़ी बहुरिया अपने मैके लौट आवेगी। गाँव छोड़कर चली जावेगी। फिर कभी नहीं जावेगी!

हरगोबिन का मन कलपने लगा—तब गाँव मैं क्या रह जाएगा? गाँव की लक्ष्मी ही गाँव छोड़कर चली आवेगी!...किस मुँह से वह ऐसा संवाद सुनाएगा? कैसे कहेगा कि बड़ी बहुरिया बथुआ-साग खाकर गुजर कर रही है।...सुननेवाले हरगोबिन के गाँव का नाम लेकर थूकेंगे—कैसा गाँव है, जहाँ लक्ष्मी-जैसी बहुरिया दुख भोग रही है!

अनिच्छापूर्वक हरगोबिन ने गाँव में प्रवेश किया।

हरगोबिन को देखते ही गाँव के लोगों ने पहचान लिया—जलालगढ़ गाँव का संवदिया आया है!..न जाने क्या संवाद लेकर आया है!

"राम-राम भाई! कहो, कुशल समाचार ठीक है न?"

"राम-राम भैयाजी। भगवान की दया से आनन्दी है।"

"उधर पानी-बूँदी पड़ा है?"

बड़ी बहुरिया के बड़े भाई ने पहले हरगोबिन को नहीं पहचाना। हरगोबिन ने अपना परिचय दिया, तो उन्होंने सबसे पहले अपनी बहिन का समाचार पूछा, "दीदी कैसी हैं?"

"भगवान की दया से सब राज-खुशी है।"

मुँह-हाथ धोने के बाद हरगोबिन की बुलाहट आँगन में हुई। अब हरगोबिन काँपने लगा। उसका कलेजा धड़कने लगा...ऐसा तो कभी नहीं हुआ?...बड़ी बहुरिया की छलछलाई हुई आँखें! सिसकियों से भरा हुआ संवाद! उसने बड़ी बहुरिया की बूढ़ी माता को पाँवलागी की।

बूढ़ी माता ने पूछा, "कहो बेटा, क्या समाचार है?"

"मायजी, आपके आशीर्वाद से सब ठीक है।"

"कोई संवाद?"

"एँ?...संवाद?...जी, संवाद तो कोई नहीं। मैं कल सिरसिया गाँव आया था, तो सोचा कि एक बार चलकर आप लोगों का दर्शन कर लूँ।"

बूढ़ी माता हरगोबिन की बात सुनकर कुछ उदास-सी हो गई, "तो तुम कोई संवाद लेकर नहीं आए हो?"

"जी नहीं, कोई संवाद नहीं।...ऐसे बड़ी बहुरिया ने कहा है कि यदि छुट्टी हुई तो दशहरा के समय गंगाजी के मेले में आकर माँ से भेंट-मुलाकात कर जाऊँगी।" बूढ़ी माता चुप रही। हरगोबिन बोला, "छुट्टी कैसे मिले! सारी गृहस्थी बड़ी बहुरिया के ऊपर ही है।"

बूढ़ी माता बोली, "मैं तो बबुआ से कह रही थी कि जाकर दीदी को लिवा लाओ, यहीं रहेगी। वहाँ अब क्या रह गया है? जमीन-जायदाद तो सब चली ही गई। तीनों देवर अब शहर में जाकर बस गए हैं। कोई खोज-खबर भी नहीं लेते। मेरी बेटी अकेली...!"

"नहीं मायजी! जमीन-जायदाद अभी भी कुछ कम नहीं। जो है, वही बहुत है। टूट भी गई है, तो आखिर बड़ी हवेली ही है। 'सवांग' नहीं है, यह बात ठीक है। मगर, बड़ी बहुरिया का तो सारा गाँव ही परिवार है। हमारे गाँव की लक्ष्मी है बड़ी बहुरिया।...गाँव की लक्ष्मी गाँव को छोड़कर बाहर कैसे जाएगी? यों, देवर लोग हर बार आकर ले जाने की जिद्द करते हैं।"

बूढ़ी माता ने अपने हाथ हरगोबिन को जलपान लाकर दिया, "पहले थोड़ा जलपान कर लो, बबुआ।"

जलपान करते समय हरगोबिन को लगा, बड़ी बहुरिया दालान पर बैठी उसकी राह देख रही है—भूखी-प्यासी...! रात में भोजन करते समय भी बड़ी बहुरिया मानो सामने आकर बैठ गई...कर्ज-उधार अब कोई देते नहीं।...एक पेट तो कुत्ता भी पालता है। लेकिन मैं?...माँ से कहना...!!

हरगोबिन ने थाली की ओर देखा—दाल-भात, तीन किस्म की भाजी भी, पापड़, अचार।...बड़ी बहुरिया बथुआ-साग उबालकर खा रही होगी।

बूढ़ी माता ने कहा, "क्यों बबुआ, खाते क्यों नहीं?"

"मायजी, पेट-भर जलपान जो कर लिया है।"

"अरे जवान आदमी तो पाँच बार जलपान करके भी एक थाल भात खाता है।"

हरगोबिन ने कुछ नहीं खाया। खाया नहीं गया।

संवदिया डटकर खाता है और 'अफर' कर सोता है, किन्तु हरगोबिन को नींद नहीं आ रही है।...यह उसने क्या किया? क्या कर दिया? वह किसलिए आया था? वह झूठ क्यों बोला?...नहीं, नहीं, सुबह उठते ही वह बूढ़ी माता को बड़ी बहुरिया का सही संवाद सुना देगा—अक्षर-अक्षर: 'मायजी, आपकी इकलौती बेटी बहुत कष्ट में है। आज ही किसी को भेजकर बुलवा लीजिए। नहीं तो वह सचमुच कुछ कर बैठेगी। आखिर, किसके लिए वह इतना सहेगी!...बड़ी बहुरिया ने कहा है, भाभी के बच्चों के जूठन खाकर वह एक कोने में पड़ी रहेगी...!'

रात-भर हरगोबिन को नींद नहीं आई।

आँखों के सामने बड़ी बहुरिया बैठी रही—सिसकती, आँसू पोंछती हुई। सुबह उठकर उसने दिल को कड़ा किया। वह संवदिया है। उसका काम है सही-सही संवाद पहुँचाना। वह बड़ी बहुरिया का संवाद सुनाने के लिए बूढ़ी माता के पास जा बैठा। बूढ़ी माता ने पूछा, "क्या है, बबुआ? कुछ कहोगे?"

"मायजी, मुझे इसी गाड़ी से वापस जाना होगा, कई दिन हो गए।"

"अरे, इतनी जल्दी क्या है! एकाध दिन रहकर मेहमानी कर लो।"

"नहीं मायजी। इस बार आज्ञा दीजिए। दशहरा में मैं भी बड़ी बहुरिया के साथ आऊँगा। तब डटकर पन्द्रह दिनों तक मेहमानी करूँगा।"

बूढ़ी माता बोली, "ऐसी जल्दी थी तो आए ही क्यों? सोचा था, बिटिया के लिए दही-चूड़ा भेजूँगी। सो दही तो नहीं हो सकेगा आज। थोड़ा चूड़ा है बासमती धान का, लेते जाओ।"

चूड़ा की पोटली बगल में लेकर हरगोबिन आँगन से निकला तो बड़ी बहुरिया के बड़े भाई ने पूछा, "क्यों भाई, राह-खर्च है तो?"

हरगोबिन बोला, "भैयाजी, आपकी दुआ से किसी बात की कमी नहीं।"

स्टेशन पहुँचकर हरगोबिन ने हिसाब किया। उसके पास जितने पैसे हैं, उससे कटिहार तक टिकट ही वह खरीद सकेगा। और यदि चौअन्नी नकली साबित हुई तो सैमापुर तक ही।...बिना टिकट के वह एक स्टेशन भी नहीं जा सकेगा। डर के मारे उसकी देह का आधा खून सूख जाएगा।

गाड़ी में बैठते ही उसकी हालत अजीब हो गई। वह कहाँ आया था? क्या करके जा रहा है? बड़ी बहुरिया को क्या जवाब देगा?

यदि गाड़ी में निरगुन गानेवाला सूरदास न आता, तो न जाने उसकी क्या हालत होती! सूरदास के गीतों को सुनकर उसका जी स्थिर हुआ, थोड़ा—

...कि आहो रामा!
नैहरा को सुख सपन भयो अब,
देश पिया को डोलिया चली...ई...ई...ई,
भाई रोओ मति, यही करम की गति...!!

सूरदास चला गया तो उसके मन में बैठी हुई बड़ी बहुरिया फिर रोने लगी—किसके लिए इतना दुख सहूँ?

पाँच बजे भोर में वह कटिहार स्टेशन पहुँचा।

भोंपे से आवाज आ रही थी—बैरगाद्दी, कुसियार और जलालगढ़ जानेवाले यात्री एक नम्बर प्लेटफार्म पर चले जाएँ।

हरगोबिन को जलालगढ़ जाना है, किन्तु वह एक नम्बर प्लेटफार्म पर कैसे जाएगा? उसके पास तो कटिहार तक का ही टिकट है।...जलालगढ़! बीस कोस!...बड़ी बहुरिया राह देख रही होगी।...बीस कोस की मंजिल भी कोई दूर की मंजिल है? वह पैदल ही जाएगा।

हरगोबिन महावीर-विक्रम-बजरंगी का नाम लेकर पैदल ही चल पड़ा। दस कोस तक वह मानो 'बाई' के झोंके पर रहा। कसबा शहर पहुँचकर उसने पेट-भर पानी पी लिया। पोटली में नाक लगाकर उसने सूँघा—अहा! बासमती धान का चूड़ा है। माँ की सौगात—बेटी के लिए। नहीं, वह इससे एक मुट्ठी भी नहीं खा सकेगा...किन्तु, वह क्या जवाब देगा बड़ी बहुरिया को!

उसके पैर लड़खड़ाए।...उँहूँ, अभी वह कुछ नहीं सोचेगा। अभी सिर्फ चलना है। जल्दी पहुँचना है, गाँव।...बड़ी बहुरिया की डबडबाई हुई आँखें उसको गाँव की ओर खींच रही थीं—मैं बैठी राह ताकती रहूँगी!...

पन्द्रह कोस!...माँ से कहना, अब नहीं रह सकूँगी। सोलह-सत्रह-अठारह जलालगढ़ स्टेशन का सिगनल दिखलाई पड़ता है...गाँव का ताड़ सिर ऊँचा करके उसकी चाल को देख रहा है। उसी ताड़ के नीचे बड़ी हवेली के दालान पर चुपचाप टकटकी लगाकर राह देख रही है बड़ी बहुरिया—भूखी-प्यासी: 'हमरो संवाद ले ले जाहु रे संवदिया...या...या!!'

लेकिन, यह कहाँ चला आया हरगोबिन? यह कौन गाँव है? पहली साँझ में ही अमावस्या का अन्धकार। किस राह से वह किधर जा रहा है?...नदी है? कहाँ से आ गई नदी? नदी नहीं, खेत है।...ये झोंपड़े हैं या हाथियों का झुंड? ताड़ का पेड़ किधर गया? वह राह भूलकर न जाने कहाँ भटक गया...इस गाँव में आदमी नहीं रहते क्या?...कहीं कोई रोशनी नहीं, किससे पूछे?...कहाँ, वह रोशनी है या आँखें? वह खड़ा है या चल रहा है? वह गाड़ी में है या धरती पर...?

"हरगोबिन भाई, आ गए?" बड़ी बहुरिया की बोली, या कटिहार स्टेशन का भोंपा बोल रहा है?

"हरगोबिन भाई, क्या हुआ तुमको...?"

"बड़ी बहुरिया?"

हरगोबिन ने हाथ से टटोलकर देखा, वह बिछाबन पर लेटा हुआ है। सामने बैठी छाया को छूकर बोला, "बड़ी बहुरिया?"

"हरगोबिन भाई, अब जी कैसा है?...लो, एक घूँट दूध और पी लो।...मुँह खोलो...हाँ...पी जाओ। पीओ!"

हरगोबिन होश में आया।...बड़ी बहुरिया दूध पिला रही है?

उसने धीरे-धीरे हाथ बढ़ाकर बड़ी बहुरिया का पैर पकड़ लिया, "बड़ी बहुरिया।...मुझे माफ करो। मैं तुम्हारा संवाद नहीं कह सका।...तुम गाँव छोड़कर मत जाओ। तुमको कोई कष्ट नहीं होने दूँगा। मैं तुम्हारा बेटा! बड़ी बहुरिया, तुम मेरी माँ, सारे गाँव की माँ हो! मैं अब निठल्ला बैठ नहीं रहूँगा। तुम्हारा सब काम करूँगा।...बोलो, बड़ी माँ तुम...तुम गाँव छोड़कर चली तो नहीं जाओगी? बोलो...!!"

बड़ी बहुरिया गर्म दूध में एक मुट्ठी बासमती चूड़ा डालकर मसकने लगी।...संवाद भेजने के बाद से ही वह अपनी गलती पर पछता रही थी।

[मेरी प्रिय कहानियाँ, अक्टूबर, 1962]

✪✪✪